WITCHES OF WICK
DAS BUCH DER JAGD

Bisher erschienen:
Witches of Wick 1: Das Buch der Hexen

Dieses Buch enthält das Spin-Off Witches of Wick: Das
Buch der Jagd sowie die Bonusgeschichte Witches of Wick:
Das Buch der Verlassenen

Bibliografische Information der Deutschen Nationalbibliothek:
Die Deutsche Nationalbibliothek verzeichnet diese Pub-
likation in der Deutschen Nationalbibliografie; detaillierte
bibliografische Daten sind im Internet über dnb.dnb.de
abrufbar.

Covergestaltung: Makita Hirt
Buchsatz und Lektorat: Kaja Raff
Dieser Buchsatz wurde unter Verwendung von Ressourcen
von Flaticon.com erstellt

Herstellung und Verlag: BoD – Books on Demand, Norderstedt
ISBN: 978-3-7568-0829-8

ANNIE WAYE

WITCHES OF WICK

DAS BUCH DER JAGD

ACHTUNG!

Diese Novelle spielt zeitlich nach den Geschehnissen von »Witches of Wick 1: Das Buch der Hexen« und enthält massive Spoiler für diesen Band! Weiterzulesen, ohne zuvor Band 1 beendet zu haben, kann zu einem Kickback der Extraklasse führen.

Fühlst du dich wirklich bereit, dich in dieses Abenteuer zu wagen?

Also gut. Dann los.

AMBERS GESCHICHTE

1.

Paranoia

»Wir sind so kurz vor dem Ziel!«, versuchte Kristen, die Dudelmusik und das allgegenwärtige Gemurmel in unserem Lieblingscafé zu übertönen.

Wir saßen an einem der unzähligen kleinen, viel zu dicht beieinanderstehenden Tische unmittelbar neben dem großen Fenster, das den Blick auf die Straße freigab. Das *Bull* war zu jeder Gelegenheit gut besucht. Hier drinnen war es immer hell, warm und laut, ganz gleich zu welcher Tages- oder Nachtzeit. Tagsüber trank man in diesen Räumen Kaffee, abends Bier oder Cocktails. Der perfekte Rückzugsort für alle verlorenen Seelen da draußen – oder für Oxford-Studentinnen, die einfach nur für fünf Minuten abschalten wollten.

Kristen fuhr sich durch die kurzgeschnittenen blonden Haare. »Nur noch ein paar Klausuren, dann ist es geschafft«, murmelte sie und nippte an ihrer Tasse.

»Und die Bachelorarbeit«, brummte ich. »Vergiss die Bachelorarbeit nicht.«

Sie verdrehte die Augen. »An die denke ich erst, wenn der ganze Prüfungsstress vorbei ist.« Sie seufzte. »Immer noch faszinierend, dass wir dieselben Fächer studieren, nur an zwei verschiedenen Unis.«

Ich schob mir eine helle Haarsträhne hinters Ohr. »Ich hätte nie gedacht, dass man Englisch und Geschichte so unterschiedlich behandeln kann.«

Kristen grinste triumphierend. »Sag bloß, du bereust es, bei einer Superduper-Elite-Uni angenommen worden zu sein.«

»Ich bereue es, mich *eingeschrieben* zu haben«, erwiderte ich schroff. »Versteh mich nicht falsch, es ist okay, aber es ist so … so …« Hilflos warf ich die Hände in die Luft.

»Trocken?«, kam Kristen mir zu Hilfe. »Klingt so. Ich bin auch nicht zu hundert Prozent zufrieden mit meinen Fächern, aber –«

»Wer ist das schon?« Ich verschränkte die Arme, was mir mein dicker blauer Pullover gar nicht mal so leicht machte.

»Genau!«, pflichtete sie mir bei. »Wer ist das schon? Wenn ich mir das Gejammer von Lauren und Paula anhöre, habe ich es ziemlich gut erwischt, glaube ich.«

Ich nahm einen großen Schluck von meinem Café Latte. Obwohl Kristen und ich nach dem ersten Semester von unseren Studentenwohnheimen ausgezogen waren und uns zusammen eine kleine Wohnung gesucht hatten, hatten wir unsere Tradition beibehalten: Jeden Freitagnachmittag trafen wir uns im *Bull* und ließen die Woche Revue passieren, bevor wir uns in ein Wochenende voller Lernstoff stürzten. Sogar noch jetzt im Dezember, wo man am liebsten gar nicht mehr das Haus verlassen würde. Vielleicht lag es vor allem daran, dass Kristen und ich beide noch unangenehme

Nachmittagsveranstaltungen in unseren Kalender gequetscht bekommen hatten, die die Welt nicht brauchte.

»Und Joey!«, erinnerte sich Kristen plötzlich. »Hast du das von Joey gehört?«

Allein beim Klang dieses Namens zog sich meine Magengrube zusammen. »Wir reden nicht über Joey«, brummte ich. Der Junge, mit dem ich nach dem Abschluss Hals über Kopf zusammengekommen war, nur um mich acht Wochen später von ihm betrügen zu lassen, war nicht gerade mein Lieblingsgesprächsthema. Auch nach zwei Jahren nicht.

»Ach«, winkte Kristen ab, »ich hab gehört, er steht kurz vor der Exmatrikulation. Weil er nichts auf die Reihe bekommt. Geschieht ihm recht.«

»Geschieht ihm so was von recht«, stimmte ich ihr zu. »Er hat doch –«

Ich erschrak, als mein Handy auf dem Tisch vibrierte. Der Name des Anrufers wurde eingeblendet, und mein Herz machte einen Satz. »Da muss ich rangehen«, entschuldigte ich mich hastig, fischte das Teil von der Tischplatte und stand auf.

Fiona rief an. Sie war immer noch pünktlich wie ein Uhrwerk – und das nach über zwei Jahren.

Weil der Geräuschpegel im Café unglaublich hoch war, zog ich schnell meine Jacke an und schlüpfte durch die Tür nach draußen. Nicht, dass ich Fiona je hätte verpassen können – sie würde das Handy auch hundertmal klingeln lassen, damit ich endlich ranging. Sie machte sich immer noch Sorgen um mich.

Wie so oft in Oxford regnete es in Strömen, doch das kleine Vordach des Cafés war genug, um mich vor der Nässe zu schützen. Eine Hand in meiner Jackentasche, eine an meinem Handy, ging ich ran. »Hi.«

Ich hörte, wie jemand am anderen Ende erleichtert seufzte. »Hi«, sagte Fiona. »Alles in Ordnung?«

Ich ließ meinen Blick über die Straße schweifen. »Alles wie immer«, erwiderte ich. Das bedeutete alles andere als *in Ordnung*. Aber wenn ich Fionas Stimme einmal im Monat zu hören bekam, wollte ich sie nicht mit meinen Uni-Problemen nerven, von denen sie sowieso nichts verstand. »Wie ist das Wetter in Adria?«

»Na ja«, murmelte Fiona. Sie klang erschöpft, was vielleicht daran lag, dass sie extra durch das Portal getreten war, nur um mit mir telefonieren zu können – und sich nach dem Auflegen wieder auf den Weg zurück machen würde. »Nicht annähernd so kalt und regnerisch wie hier.«

»Wirklich?«, fragte ich überrascht. »Im Dezember?« Ich ließ meinen Blick durch die Menschenmenge schweifen. Jetzt, kurz vor den Weihnachtsferien, war Oxford eine ziemlich belebte Stadt. Wenn sich nicht gerade ein Doppeldeckerbus durch die antiken Straßen zwängte und mir die Sicht raubte, erspähte ich unzählige Menschen, die – bewaffnet mit Regenschirmen und -jacken – mit gesenkten Köpfen durch die Gegend wuselten. Viele von ihnen waren Studenten – man könnte sagen, dass sie das Herz der Stadt waren, das sie am Leben erhielt. Sie stammten aus allen möglichen Ecken und Enden der Welt. Unwillkürlich fragte ich mich, ob vielleicht noch jemand aus einer *anderen* Welt dabei war. So wie ich.

»Ehrlich gesagt haben wir drüben gerade eine regelrechte Dürre-Periode.« Fiona räusperte sich. »Hör zu«, schlug sie plötzlich einen ernsteren Tonfall an, und ich ahnte, was gleich kommen würde. »Ich weiß, ich hab letzten Monat gesagt, Josie und ich würden über Weihnachten nach Hause fahren, aber eine Horde Madraí hat sich wieder der Stadt genähert, und irgendjemand muss sich dieser Sache annehmen. Das Tribunal hat einige Sitzungen dazu geplant, bei denen ich unmöglich fehlen kann. Und Josie –«

»Ich verstehe«, unterbrach ich sie sanft. »Ist kein Problem, Fiona.«

Kurze Pause. »Wirklich?«

Nicht wirklich. Seit über zwei Jahren fühlte ich mich zerrissen, unvollständig. Ohne Fiona, aber vor allem ohne Josie. Schließlich war sie meine Zwillingsschwester. Sie und ich waren noch nie im Leben länger als ein paar Stunden getrennt voneinander gewesen, und jetzt war sie einfach … weg. Und sie würde nicht zurückkommen.

»Ich verbringe die Tage bei Kristen«, winkte ich ab. »So wie letztes Jahr auch.«

»Gut.« Ich konnte förmlich hören, wie die Anspannung von ihr abfiel. »Das ist sehr gut. Schön, dass ihr euch immer noch so nahesteht.«

Ein weiterer Bus fuhr an mir in Richtung Kreuzung vorbei und gab den Blick auf eine Menschenmenge frei, die darauf gewartet hatte, die Straße überqueren zu können. Nur eine einzige Frau blieb stehen, wo sie war. Es kam mir so vor, als hätte sie mich angestarrt, aber in dem Moment weggesehen, in dem ich sie bemerkt hatte. Sie hatte ihr langes, braunes Haar zu einem Zopf gebunden und trug ein bauchfreies Oberteil zu einer knappen Lederjacke – und das bei diesem Wetter. Studierte sie an meiner Uni?

»Amber?«, riss mich Fiona aus meinen Gedanken. »Bist du noch da?«

»Ja!«, sagte ich schnell und drehte mich in Richtung des Cafés. Durch das Fenster konnte ich sehen, wie mir Kristen einen gelangweilten Blick zuwarf und auf ihr Handgelenk tippte. Sie käme zu spät zu ihrem nächsten Seminar, wenn ich sie noch länger warten ließ.

Hilflos zeigte ich ihr fünf Finger und hoffte, dass sie mir noch ein paar Minuten mit der Stimme meiner Schwester gönnte. »Es ist alles in bester Ordnung«, sagte ich. »Ich hab einfach nur unglaublich viel um die Ohren.«

»Stimmt«, erinnerte sich Fiona. »Nach Weihnachten beginnt die Prüfungsphase, nicht wahr?«

Ich stöhnte. »Erinner nicht auch noch du mich daran.«

Ich hörte sie lachen. »Quäl dich nicht zu sehr, ja?« Ein paar Sekunden lang sagte sie nichts, sodass ich befürchtete, die Verbindung wäre getrennt worden. Dann sprach sie: »Ich wünschte, ich könnte dich in den Arm nehmen.«

Ein Lächeln stahl sich auf meine Lippen. »Du bist doch nur eine eintägige Autofahrt entfernt«

»Ich weiß«, erwiderte sie kleinlaut. »Ich bin eine furchtbare Schwester.«

»Du bist«, entgegnete ich, »die beste Schwester, die man sich wünschen kann. Aber verrat Josie nicht, dass ich das gesagt hab, okay?«

Sie kicherte. »Ich soll dich von ihr grüßen.«

Ein Stich der Wehmut bohrte sich in meine Brust. »Grüß sie bitte zurück.«

»Mache ich. Oh, und grüß Joey von mir.«

Ich schloss die Augen. »Okay.«

Wieder eine Pause. »Also«, sagte Fiona gedehnt. »Wenn es sonst nichts mehr gibt …«

Ich biss mir auf die Unterlippe. Das war der schlimmste Part – zumindest für mich. Ich hatte keine Ahnung, ob Fiona auch nur annähernd so emotional wurde wie ich, wenn sie auflegte. Ob ihre Augen ebenfalls zu brennen begannen. Ob sie hektisch blinzeln musste, damit sie nicht auf offener Straße anfing zu weinen. Ob sich ihr Herz nicht so anfühlte, als würde es in tausend Teile zerfetzt werden. Ich hatte nicht die geringste Ahnung, weil alles, was ich von ihr bekam, ein einziger Anruf pro Monat war.

Aber das war in Ordnung. Ich hatte mich selbst dafür entschieden, nicht in Wick zu bleiben. Ich gehörte hierher – nach Oxford. In die sterbende Welt. Das redete ich mir zumindest ein.

Es gab so vieles, das ich ihr erzählen wollte. Dass ich noch kein Weihnachtsfest mit Kristens oder Paulas oder Laurens Familie verbracht hatte. Sondern immer allein zu Hause in Reading gesessen und alte Familienfotos angestarrt hatte. Dass ich schon seit zwei Jahren nicht mehr mit Joey zusammen war und dass mich die Jungen in meinem Jahrgang anwiderten, weil sie genauso dumm und unreif waren wie er. Dass ich keine Ahnung hatte, ob das, was ich hier in Oxford tat, das Richtige war. Dass ich Josie und sie mehr vermisste als alles andere. Aber nichts davon konnte ich am Telefon aussprechen. Also behielt ich es ein weiteres Mal für mich.

»Komm gut nach Hause«, verabschiedete ich mich. »Und mach dir keine Sorgen um mich.«

»Wie könnte ich mir jemals keine Sorgen um dich machen?«, erwiderte Fiona, und ich konnte schwören, dass sie lächelte. »Ich hab dich lieb, Kleines.«

»Ich dich auch.« Meine Stimme brach, und ich hoffte, dass sie das nicht bemerkte. Ich schämte mich so sehr dafür, dass ich auflegte, ohne Tschüss zu sagen.

Ich atmete zweimal tief durch. Erst als ich mir sicher war, dass ich die Fassung bewahren konnte, ging ich durch die Tür zurück ins Café.

»Ich hab schon gezahlt«, ließ mich Kristen wissen. »Der nächste geht auf dich.«

»Danke«, sagte ich und warf mein Handy in meine Handtasche. Als ich sie schulterte, fiel mein Blick auf eine Frau, die in der hintersten Ecke des Cafés saß. Sie hatte langes, dunkles Haar und trug ein bauchfreies Oberteil. Obwohl sie drinnen war, hatte sie ihre Lederjacke noch immer an. Kein einziger Wassertropfen schimmerte auf deren glänzender Oberfläche.

Ich stutzte. »Kristen«, fragte ich mit gesenkter Stimme. »Wie lange ist die schon hier?«

»Was?«, schrie mich meine Freundin förmlich an.

Gereizt machte ich einen halben Schritt um den Tisch herum auf sie zu, während sie ihre Jacke anzog. »Die Frau da hinten«, raunte ich. »Ist sie reingekommen, als ich telefonieren war?«

Kristen, Stalkerin mit Leib und Seele, ließ ihren Blick nur für einen Sekundenbruchteil zu besagter Ecke zucken. »Puh, keine Ahnung«, sagte sie leise. »War die nicht schon vor uns hier?«

Ich wagte es nicht, noch einmal zu ihr rüberzusehen.

»Warum?«, hakte Kristen nach. »Wer ist sie?«

»Keine Ahnung«, winkte ich ab. »Ich dachte nur, ich hätte sie draußen schon gesehen.«

Das stimmte nicht ganz. Ich *dachte* es nicht nur. Ich wusste es mit absoluter Sicherheit – ich glaubte kaum, dass hier noch zig andere Frauen mit derselben Frisur in demselben Outfit herumliefen.

Beim bloßen Gedanken daran wurde mir mulmig zumute. Ich schlief eindeutig zu wenig.

»Cool, dass dich Fiona nur einmal im Monat anruft«, sagte Kristen, als wir nach draußen gingen. »Meine Mum will *jeden Tag* einen Statusbericht haben. Kannst du dir das vorstellen?«

»Fiona ist nun mal nicht meine Mum«, erwiderte ich trocken.

»Schon, aber … Du weißt doch, wie ich das meine!«, sagte sie hilflos, während sie ihren pinken Regenschirm aufspannte. Zaghaft hielt sie ihn über unsere Köpfe. »Sorry.«

»Es ist nichts passiert«, wehrte ich ab. Nur weil ich keine Eltern mehr hatte, bedeutete das nicht, dass ich allen anderen verbieten wollte, über ihre zu reden. Ich hatte nur nichts zum Thema beizutragen.

»Was ist eigentlich mit Josie?«, fragte Kristen. »Von der habe ich schon eine Ewigkeit nichts mehr gehört. Benutzt sie überhaupt noch Insta?«

Ihre Frage – ihre erste – versetzte mir einen Stich. »Nein«, sagte ich eine Spur zu schroff. »Sie benutzt nichts mehr in der Richtung.«

Kristens Augen wurden groß. »Wow, Social Detox vom Feinsten. Hätte ich ihr gar nicht zugetraut.«

»Glaub mir«, murmelte ich. »Ich auch nicht.«

Während mich Fiona jeden Monat anrief, hatte ich von Josie seit über zwei Jahren kein Lebenszeichen bekommen. Natürlich erzählte mir unsere ältere Schwester von ihr. Ich wusste, dass sie in Rowenas Zirkel aufgenommen worden war. Dass sie nach wie vor von Wren unterrichtet wurde. Dass es in den letzten Monaten den einen oder anderen Jungen in ihrem Leben gegeben hatte. Aber alles, was ich von ihr hörte, hatte keine Bedeutung für mich, wenn es nicht aus ihrem Mund kam.

Doch sie hatte sich nie gemeldet. Ich konnte mir auch gut vorstellen, warum. Sie fürchtete sich davor, mich wiederzusehen – oder genauer gesagt vor dem Abschied, der daraufhin folgen würde. Jedes Mal, wenn wir uns wiedersahen, wäre es schwieriger, sich zu trennen. Und anstatt diesen Schmerz in Kauf zu nehmen, entschied sich Josie für den einfachen Weg und ließ es bleiben.

Zugegeben, ich war auch nicht ganz unschuldig an unserer Funkstille. Seit der Sache mit Gwydion war ich nicht mehr nach Wick zurückgekehrt. Einerseits wegen meines Studiums und weil ich schlichtweg keine Zeit dafür gehabt hatte. Andererseits weil ich gehofft hatte, Josie würde mich besuchen kommen und mich nicht dazu zwingen, durch das Portal zu treten und zu dem Ort zurückzugehen, mit dem ich die schrecklichsten Tage meines Lebens verband. Doch das hatte sie nicht, und irgendwann war so viel Zeit verstrichen, dass ich mich einfach nicht mehr traute.

Dicht unter Kristens Regenschirm gedrängt, blieben wir vor einer Fußgängerampel stehen und warteten drauf, dass sie umschaltete. Aus dem Augenwinkel entdeckte ich den Umriss einer Frau mit –

Ich riss den Kopf herum. Dort, wo gerade eben noch die Frau vom Café gestanden hatte, bewegte sich jetzt eine Gruppe Mittelstufen-Schüler durch den Regen. Ein Mann mit Aktentasche huschte mit gesenktem Haupt und einem Tempo zwischen Gehen und Laufen, das ihn einfach nur bescheuert aussehen ließ, an ihnen vorbei. Zwei Studenten mit selbstgedrehten Zigaretten lehnten an einer Hauswand. Ansonsten war da niemand.

Viel zu spät reagierte mein Herz auf das, was ich gesehen hatte, und begann zu rasen. Mein Blick zuckte durch die Menge, hin und her, hin und her, aber sie war weg. Oder war sie überhaupt da gewesen?

Ich drehte mich um die eigene Achse, doch wohin ich auch sah, konnte ich ihr Gesicht nirgends entdecken.

Dass die Ampel umgeschaltet hatte, registrierte ich erst, als Kristen an meinem Arm zog. »Komm schon! Mein Bus ist gleich da.« Ich ließ zu, dass sie mich über die Straße zerrte. Doch noch bevor wir auf der anderen Seite ankamen, veränderte sich etwas.

Die Haare in meinem Nacken stellten sich auf. Gleichzeitig lief mir ein Schauer über den Rücken, wie ich ihn noch nie zuvor gespürt hatte. Es war, als wollten mich meine Sinne, meine bloßen Instinkte, auf etwas aufmerksam machen, das mein Bewusstsein nicht mitbekam.

Irgendetwas sagte mir, dass ich mich jetzt auf gar keinen Fall umdrehen durfte.

Als wir beim Gehweg ankamen und uns nach links wandten, sah ich sie wieder aus dem Augenwinkel – die dunkle Gestalt mit zu einem Pferdeschwanz gebändigtem Haar. Aber ich hatte das verräterische Gefühl, dass sie erneut verschwinden würde, sobald ich versuchte, den Blick auf sie zu richten.

Doch vielleicht musste ich das auch gar nicht. »Wie wär's mit einem Selfie?«, unterbrach ich Kristen bei was auch immer sie gerade gesagt hatte.

»Jetzt?«, fragte sie irritiert. »Hier?«

»Warum nicht?« Hektisch fummelte ich mein Handy aus der Handtasche und aktivierte mit einem Wisch die Kamera.

»Amber. Nein«, beschwerte sie sich und fuhr sich sichtlich unzufrieden mit einer Hand durchs Haar. »Ich sehe total –«

»Cheese!« Ich riss das Handy hoch und drückte blindlings auf den Auslöser.

»O Gott!«, stieß Kristen hervor. »Ich war doch noch gar nicht so weit!«

Ich ignorierte sie und öffnete stattdessen die Galerie, um das Foto anzusehen, das ich gerade geschossen hatte.

Mein Herz machte einen Satz. Da war sie. Sie lief zwei, drei Schritte hinter uns – und starrte geradewegs in die Kamera.

»Irgendwie verhältst du dich heute echt komisch!«

Ruckartig wirbelte ich herum – und wäre fast gegen einen Jungen in meinem Alter gestoßen. Im letzten Moment bremste er ab. »Kannst du nicht aufpassen?«, fuhr er mich an und schob sich eng an mir vorbei.

»T-tut mir leid!«, rief ich ihm hinterher. Als ich mich umsah, war von der Frau nichts zu erkennen. Ein ungutes Gefühl stieg in mir auf.

»Lass mich mal sehen!« Kristen nahm mir das Handy aus der Hand. »Man sieht ja nur die Hälfte von meinem Gesicht!«

Ich konnte meinen Blick nicht von dem Gehweg hinter uns reißen. »Die Frau im Hintergrund«, sagte ich tonlos, »ist doch die aus dem Bull, oder?«

Kristen stutzte. »Woher soll ich wissen, wer alles im Bull war?«

»Die, die ich dir gezeigt habe!«, zischte ich. »Bevor wir gegangen sind!« Endlich konnte ich den Blick von den Menschen losreißen – und sah in Kristens verwirrte Miene.

»Hä? Das war doch eine alte Schachtel«

Ich blinzelte. »Was? Hast du nicht in die richtige Richtung geschaut? Das war *sie*!« Ich deutete auf das Foto. »Mit der Lederjacke!«

Sie gab mir mein Handy zurück. »An dem Einzeltisch ganz in der Ecke?«

»Ja!«

»Nein!«, hielt sie dagegen. »Da saß eine Uroma in einem lila Rollkragenpulli mit einem Brillengestell aus dem letzten Jahrtausend.«

Entgeistert starrte ich die Frau auf dem Bildschirm an – ihre Haare, ihre Augen, ihr Oberteil. Plötzlich fühlte ich mich, als hätte ich gerade zehn Minuten damit verbracht, eines dieser Bilder mit optischen Täuschungen zu studieren, das auf den ersten Blick eine junge Frau zeigte, auf den zweiten jedoch eine alte Hexe mit Hakennase. Mir wurde schwindelig, vielleicht sogar etwas übel. Als hätte ich einer Fata Morgana ins Auge gesehen.

»Aber«, hob ich verzweifelt an. Auch wenn ich mich natürlich nicht an alle Menschen erinnerte, die vorhin im Bull gewesen waren, wäre mir jemand wie aus Kristens Beschreibung bestimmt nicht entgangen. »Aber …«

»Amber. Du irrst dich. Das war sie nicht.« Sie schüttelte den Kopf. »Mann, du bist echt übermüdet.«

Ich gab auf. Mit einem stillen Seufzer packte ich mein Handy weg. »Ich weiß.«

»Da kommt mein Bus.« Wenige Sekunden später blieb er auch schon neben uns am Straßenrand stehen. Während die Gebäude der University of Oxford in der Innenstadt verteilt lagen, befand sich Kristens Campus etwas außerhalb. »Bis dann.« Sie hauchte mir einen Kuss auf jede Wange, ehe sie und ihr Regenschirm mich verließen.

Halbherzig zog ich mir die Kapuze meiner Jacke über den Kopf, bevor der Regen auf ihn niederprasseln konnte. In dem Moment, in dem der Bus abfuhr, fühlte ich mich nicht mehr sicher. Ich war allein – in einer Stadt voller Menschen zwar, aber das beruhigte mich ganz und gar nicht.

Ich kam mir beobachtet vor, und obwohl ich wusste, dass ich nichts sehen würde, wenn ich mich umblickte, konnte ich mich nicht davon abhalten, es auf dem Weg zur Uni trotzdem ständig zu tun.

Ich musste an einen Horrorfilm denken, den ich mal mit Josie gesehen hatte. Darin hatte eine düstere Gestalt sein Opfer langsam, fast schon gemächlich zu Fuß verfolgt – doch sobald sie bei ihm angekommen war, starb es einen grausamen Tod.

Das Leben war kein Horrorfilm. Aber das bedeutete nicht, dass es nicht übernatürlich war. Das hatte ich vor über zwei Jahren am eigenen Leib erfahren.

Ich schluckte. Wer war diese Frau? *Was* war sie?

Hatte man einen Sucher nach mir geschickt? Warum sollte das Tribunal das tun? Sie wussten doch, wo ich war, und Fiona stand regelmäßig in Kontakt mit mir.

Nein, wenn sie gewollt hätten, dass ich nach Wick zurückkehrte, hätte sie es mir erzählt. Schließlich hatten wir gerade erst telefoniert und –

Meine Augen weiteten sich. Fiona. Vielleicht war sie noch da! Vielleicht war sie noch nicht durch das Portal getreten, sondern hatte sich in ein Hotel eingebucht, einfach nur, um endlich wieder eine heiße Dusche nehmen zu können. Vielleicht würde ich sie erwischen, wenn ich sie jetzt anrief.

Ich riss mein Handy hoch. Regentropfen sammelten sich auf dem Display, und ich musste mehrmals energisch mit dem Ärmel drüberwischen, um die Kontaktliste auswählen zu können. Obwohl ihr Name mit F begann, stand sie ganz oben, weil ich sie unter *1 Fiona* eingespeichert hatte. Direkt über *1 Josie*.

Bitte, Fiona, betete ich, als ich das Handy an mein Ohr hielt. Ich hatte keine Ahnung, was vor sich ging – aber ich war fest davon überzeugt, *dass* etwas vor sich ging. Etwas, das ich jemandem wie Kristen unmöglich erzählen konnte.

Es piepte nicht einmal. Ich wurde sofort auf die Mailbox umgeleitet.

Ich atmete bebend ein. Und wieder aus.

Fiona war weg. Und das bis zum nächsten Monat. Bis Mitte oder gar Ende Januar. Bis dahin wäre ich ganz allein.

In meiner Shakespeare-Vorlesung konnte ich mich nicht konzentrieren. Immer wieder entsperrte ich meinen Handybildschirm, um einen Blick auf das Foto zu werfen. Erst nach dem zehnten Mal nahm ich Kristen und mich darauf wahr. Ich hatte nicht gerade unsere Schokoladenseiten erwischt.

Je länger ich das Bild anstarrte, desto vertrauter kam mir der Anblick der Frau im Hintergrund vor. Hatte ich sie schon einmal gesehen? Nicht dort – sondern früher? Im Bull? Auf dem Campus? Im Supermarkt? Auf der Straße?

Plötzlich hatte ich das Gefühl, dass sie sich nicht erst heute in meine Umgebung gemischt hatte. Wie lange spionierte sie schon hinter mir her?

Ich sah mich nicht nach ihr um, doch auf einmal war ich mir absolut sicher, dass sie in dieser Sekunde mit mir im Hörsaal saß.

Heftig schüttelte ich den Kopf, aber der Gedanke ließ sich einfach nicht vertreiben. Wenn ihn jetzt jemand hören könnte, würde er mich für völlig paranoid halten. Entweder stimmte etwas nicht mit mir – und zwar ganz und gar nicht – oder …

In diesem Moment sah ich es. Ein kleines, unscheinbares Detail im verschwommenen Hintergrund meines Fotos, das mir bis jetzt nicht aufgefallen war. Eine winzige Nebensächlichkeit, die mir sofort das Blut in den Adern gefrieren ließ.

Ihr sauber gebundener, strenger Pferdeschwanz gab den Blick auf ihre Ohren frei. Genauer gesagt auf den Schmuck, den sie dort trug. Auf die roten, schillernden Ohrringe, die jeweils aus einem einzigen Rubin zu bestehen schienen. Einem Rubin oder dem Fragment eines –

Kristalls.

Gwydion.

Mir wurde heiß und kalt zugleich. Ich versuchte, mich zu konzentrieren. Ich musste einen kühlen Kopf bewahren. Meine Gedanken sortieren. Und verdammt noch mal herausfinden, was hier gerade passierte.

Ich durfte keine voreiligen Schlüsse ziehen. Da draußen liefen unzählige Menschen mit Edelsteinschmuck herum. Diese Frau konnte, *musste* jedoch nichts mit Gwydion zu tun haben. Wenn nicht, bildete ich mir das alles nur ein und brauchte dringend eine Mütze Schlaf.

Aber wenn doch …

Dann gab es mehrere Möglichkeiten. Gwydion hatte Josie und mir damals zwei Ringe untergejubelt, die mit Kristallsplittern versetzt worden waren. Wir hatten keine Ahnung gehabt, dass sie verzaubert gewesen waren und er uns mit ihrer Hilfe immer hatte finden können. Wir hatten gewissermaßen einen Sensor bei uns getragen, ohne das auch nur zu ahnen.

Was bedeutete das für die Frau, die ebenfalls ein Schmuckstück von Gwydion trug? War sie eines seiner Opfer? Hatte er es auf sie abgesehen? Hatte er ihr deshalb diese Ohrringe zugespielt? Weil er sie auch auf Schritt und Tritt verfolgte?

Wenn das so war, brauchte sie meine Hilfe. Ich musste sie warnen. Doch dafür müsste ich sie erst einmal finden.

Aber was, wenn sie überhaupt nicht sein Opfer, sondern seine Verbündete war? In diesem Fall müsste ich schleunigst von hier verschwinden.

Nein!, herrschte ich mich selbst an. Ich konnte nicht von hier weg. Wohin sollte ich auch gehen? Wenn Gwydion tatsächlich jemanden nach mir ausgeschickt hatte, hatte mich dieser Jemand jetzt offensichtlich gefunden. Damit gäbe es keinen Ort der Welt, an den ich fliehen könnte. Nicht einmal Wick. Ich bräuchte einen ganzen Tag bis dorthin, und auf dem Weg würden sich unzählige Möglichkeiten bieten, mich abzupassen.

Und ich wäre vollkommen ungeschützt. Die einzige Magie, die ich in den letzten zwei Jahren gewirkt hatte, waren läppische Taschenspielertricks gewesen. Ein bisschen mehr Konzentration hier, etwas mehr Glanz in den Haaren dort – nichts, womit sich eine Weißmagierin in Wick brüsten würde. Ich erinnerte mich nur noch an ein paar vereinzelte Irisch-Vokabeln. Ich konnte mich unmöglich verteidigen!

Ich stoppte meine Gedanken, bevor sie sich in die falsche Richtung verirren konnten. Noch war ich hier, ich war am Leben und ich war unversehrt. Wenn es diese Frau wirklich auf mich abgesehen hätte, hätte sie die Gelegenheit schon längst genutzt.

Aber wenn sie mir nicht an den Kragen wollte – was wollte sie dann von mir?

Am Ende der Vorlesung war ich zu einem Schluss gekommen: Entweder ich unternahm nichts und lebte vielleicht mein restliches Leben mit einer nervenzerreißenden Paranoia. Oder ich nahm die Sache in die Hand und stellte die Frau zur Rede.

Ich konnte es kaum glauben, als ich nach der Vorlesung ins Bull zurückkehrte. Es war dort genauso voll wie zur Mittagszeit, was nicht zuletzt daran lag, dass sie hier jeden Tag von fünf bis acht eine Cocktail-Happy-Hour veranstalteten.

Ich widerstand dem Drang, mich zu schütteln, als ich mich von der verregneten Straße ins warme Café flüchtete. Ich ließ den Blick über die Sitzplätze schweifen – doch wie erwartet konnte ich die Frau nirgends entdecken.

Aber so leicht gab ich nicht auf.

Es dauerte eine ganze Weile, bis ich die Aufmerksamkeit der Barfrau auf mich ziehen konnte. »Entschuldigung!«, stoppte ich sie, als sie gerade ein Tablett voller gebrauchter Gläser zur Spüle brachte. »Ich bin auf der Suche nach jemandem.«

Die Frau schenkte mir nur einen kurzen Blick. »Aha.«

»Es ist wichtig«, schob ich hinterher. Kurzentschlossen zog ich mein Handy aus der Tasche und zeigte ihr den vergrößerten Bildausschnitt mit der Unbekannten darauf.

Widerstrebend stellte mein Gegenüber das Tablett ab. Sie runzelte die Stirn und beugte sich vor. »Nein«, sagte sie dann langsam. »Die hab ich noch nie gesehen, sorry.«

Meine Kehle wurde trocken. »Sind Sie sich ganz sicher?«

Sie wandte sich ab, ohne einen zweiten Blick auf das Bild zu werfen. Mir wurde klar, dass mir mein Foto überhaupt nichts brachte. Die Frau darauf war genau dieselbe wie die, die ich im Café entdeckt hatte. Aber nicht die *alte Schachtel*, die Kristen dort zu sehen geglaubt hatte.

Ich straffte die Schultern. »Und eine ältere Dame mit Rollkragenpullover und Brille?«, fragte ich unschuldig. »Ich glaube, sie saß in dieser Ecke.« Ich deutete in die vage Richtung.

Als die Bedienung abermals den Blick auf mich richtete, war ihre Miene düster vor Misstrauen. »Wer bist du noch mal?«

»Sie, ähm«, spann ich mir schnell eine Lüge zusammen, »hat vorhin auf dem Weg zum Bus ihre Brieftasche verloren.

Kommt sie öfter hierher? Dann könnte ich sie ihr persönlich zurückgeben.«

»Das ist ja witzig«, sagte sie ohne jede Freude in der Stimme. »Du bist schon die Zweite, die nach ihr fragt.«

Ich runzelte die Stirn. »Die Zweite?«

Sie zuckte die Achseln und beschäftigte sich wieder mit der Kaffeemaschine. »Keine Ahnung, wer der andere war. Vielleicht ihr Sohn oder so. Eine Brieftasche hat er aber nicht erwähnt.«

Beinahe wäre ich zusammengezuckt. »Ein Mann?«, fragte ich. »Ein Mann hat nach ihr gefragt?«

Die Frau warf mir über die Maschine hinweg einen Blick zu, wie man ihm nur jemanden schenkte, den man für unglaublich dumm hielt. »Das habe ich gesagt.«

Ein mulmiges Gefühl stieg in mir auf. »Können Sie mir sagen, wie dieser Mann ausgesehen hat?«

Die Bedienung blies sich eine Haarsträhne aus dem Gesicht, die sich aus ihrem Zopf gelöst hatte. »Groß«, zählte sie lustlos auf und öffnete die Spülmaschine. »In den Zwanzigern. Dunkle Haare. Ziemlich blaue Augen.«

Ich drohte, den Boden unter den Füßen zu verlieren. Meine Kehle fühlte sich wie zugeschnürt an. Obwohl es schon Jahre her war, dass ich ihn zuletzt gesehen hatte, konnte ich Gwydions Gesicht klar und deutlich vor mir erkennen, als hätte er den Platz der Barfrau eingenommen.

Er war hier. Er war wirklich hier.

Vor zwei Jahren war er aus Wick geflohen. Nicht einmal die besten Sucher, die auf ihn angesetzt worden waren, hatten ihn finden können. Und jetzt war er zurück.

Er würde zu Ende bringen, was er begonnen hatte.

»Vielleicht erwischst du ihn noch«, sagte die Frau plötzlich, ohne von der Spülmaschine aufzusehen. »Er ist gerade erst zur Tür raus.«

Ich erstarrte. Auf einmal rückten die Stimmen und die klirrenden, dröhnenden, knarzenden Geräusche des Bull in den Hintergrund. Sie verblassten nach und nach, bis ich nur noch das Blut in meinen Ohren rauschen und mein Herz dumpf in meiner Brust schlagen hören konnte. »Was?«, hauchte ich.

Die Barfrau schenkte mir einen giftigen Blick. »Willst du die Brieftasche loswerden oder hier festwachsen?«

Langsam drehte ich den Kopf und starrte in Richtung der gläsernen Tür. Auf ihrer anderen Seite war die Dunkelheit über Oxford hereingebrochen. Nichts als schwarze Schatten huschten über die Straße, ohne dass ich Einzelheiten hätte erkennen können.

Vielleicht war er schon weg. Vielleicht war er nur auf der Suche nach dieser Frau – und nicht nach mir. Vielleicht wusste er nicht, dass ich hier war. Vielleicht musste ich mir keine Sorgen machen. Vielleicht war ich in Sicherheit.

»Willst du das Teil lieber hierlassen?«, fragte die Frau ungeduldig.

Ich antwortete nicht. Ich konnte nicht. Mit wie wild schlagendem Herzen bewegte ich mich in Richtung Tür. Jeder einzelne Schritt fühlte sich wie ein Spaziergang durch die Ewigkeit an. Meine Handflächen waren feucht, als ich die Klinke herunterdrückte. Ich öffnete, und die kühle Nachtluft wehte mir entgegen, doch ich konnte sie kaum spüren.

Ich schlüpfte nach draußen – und blieb wie vom Donner gerührt stehen.

Da stand er. Der letzte Mensch, mit dem ich gerechnet hatte.

2.

EINE UNVERHOFFTE BEGEGNUNG

Er lehnte auf der anderen Straßenseite an der Mauer eines Gebäudes. Genau wie an dem Tag, an dem wir zum ersten Mal miteinander gesprochen hatten.

Wie in Trance bewegte ich mich auf ihn zu – so lange, bis ich von einer roten Fußgängerampel aufgehalten wurde. Ich war dazu gezwungen, stehenzubleiben und drauf zu warten, bis der Verkehr an mir vorbeigezogen war. Ich wagte es nicht einmal, zu blinzeln. Als mir ein Bus für ein paar Sekunden die Sicht auf die andere Seite raubte, befürchtete ich, dass er genau wie die Frau verschwunden wäre.

Aber er war immer noch da. Er wartete auf mich.

Er sah keinen Tag älter aus als vor zweieinhalb Jahren. Unter seiner Jeansjacke, die viel zu dünn für diese Jahreszeit war, trug er einen Pullover, dessen Kapuze er sich tief in Gesicht gezogen hatte. In den Schatten, die der Stoff in seine Miene warf, blitzten seine blauen Augen deutlich hervor. Sie wandten den Blick kein einziges Mal von mir, als ich die Straße überquerte.

Ich konnte nicht leugnen, dass ich Angst hatte. Aber gleichzeitig war ich vollkommen ruhig. Der Regen prasselte ungehindert auf meinen Kopf und durchnässte meine Kleidung, doch ich spürte die Kälte kaum. Keine Faser meines Körpers wollte etwas anderes, als die Distanz zu ihm zu überbrücken und sich anzuhören, was er zu sagen hatte.

Trotzdem schwand mein Selbstbewusstsein mit jeder Sekunde, als ich auf der anderen Straßenseite angekommen war. Falls sich die letzten Stunden wie ein Traum angefühlt hatten, erreichte dieser jetzt seinen Höhepunkt.

Ich blieb vor ihm stehen und konnte nach wie vor nicht glauben, dass er es war. »Was machst du hier?«

Mick Ainsworth musterte mich. »Dasselbe könnte ich dich auch fragen, Nightingale.«

»Ich?« Verdattert blinzelte ich. »Ich … studiere hier Ich riss mich am Riemen. »Jetzt du!« Ich verschränkte die Arme. »Spionierst du mir *immer noch* oder *schon wieder* hinterher?«

Mick wirkte gelangweilt. »Ich spioniere dir nicht hinterher«, erwiderte er trocken. »Sondern der Frau, die hinter dir her ist. Das ist etwas anderes«, ergänzte er auf meinen entgeisterten Blick hin.

Mein Mund klappte zu. Das kam unerwartet. Was für ein seltsames Katz-und-Maus-Spiel lief hier ab? Ein mulmiges Gefühl stieg in mir auf. Ich hatte nicht vergessen, was in Wick passiert war. Nachdem Gwydion versucht hatte, uns umzubringen, und wir ihn mit unserer Zwillingsmacht überrollt hatten, waren Mick und er spurlos verschwunden. »Wo ist dein Bruder?«, fragte ich argwöhnisch.

Er zuckte nicht mit der Wimper. »Das wüsste ich auch gern.«

»Lüg mich nicht an!« Verstohlen sah ich mich nach beiden Seiten um, aber niemand beachtete uns. »Ganz Wick ist auf der Suche nach euch.« Zumindest soweit ich wusste. »Ihr seid zusammen geflohen.« Und das offensichtlich in die Menschenwelt.

»Du wirst nass.« Mick beäugte meine triefenden Haare.

Ich ballte die Hände zu Fäusten. »Wenn ich mich nicht irre, ist das gerade nicht dein größtes Problem.«

»Aber das Einzige, das sich einfach beseitigen lässt«, gab er zurück. »Warum reden wir nicht irgendwo weiter, wo es warm und trocken ist?«

Damit nahm er mir jeglichen Wind aus den Segeln. Ein Teil von mir sträubte sich dagegen, auch nur einen Schritt an Micks Seite zu machen. Doch wenn er mir etwas hätte antun wollen, hätte er das längst gemacht. Außerdem hatte ich das Gefühl, dass mir keine andere Wahl blieb. Ich geriet ins Wanken. »Na schön.«

Als wir gemeinsam die Straße überquerten und das Bull betraten, glaubte ich, dass wir einen Kaffee trinken würden. Zumindest so lange, bis sich Mick einen Whiskey bestellte. Ich wusste nicht, was mich geritten hatte, doch aus irgendeinem Grund tat ich es ihm gleich, obwohl ich das Zeug hasste wie die Pest.

Falls Mick überrascht von meiner Wahl war, zeigte er es nicht. Aber schließlich war ich auch nicht auf seine Meinung angewiesen … Doch warum bestellte ich die Plörre dann? Warum verunsicherte mich dieser Kerl mit seiner bloße Anwesenheit?

Ich war völlig durch den Wind. Alles an dieser Situation war seltsam. Allein schon der Gedanke, nach zwei Jahren wieder einem *Cailleach* gegenüberzusitzen, löste ein gefährliches Prickeln in meiner Magengrube aus. Ein Gefühl, als würde ich am Rande eines Abgrunds stehen. Jede Sekunde würde ich hineinspringen, ohne zu wissen, ob meine Sicherung halten würde.

»Also«, forderte ich ihn auf, sobald die beiden Gläser auf dem Tisch abgestellt worden waren und ich meinen Ausweis vorgezeigt hatte. »Raus mit der Sprache.«

Mick ließ sich Zeit mit einer Antwort. »Nachdem ihr ganz Adria in Schutt und Asche gelegt habt«, sagte er dann nicht ohne jeden Vorwurf in der Stimme, »haben Gwydion und ich uns aus dem Staub gemacht. Richtig?«

Ich nickte. »Rich-«

»Falsch.« Mick hatte sichtlich Mühe, seine langen Beine unter dem Tisch zu verstauen, ohne meinen Füßen in die Quere zu kommen. »Er ist geflüchtet. Ich bin geflüchtet. Unabhängig voneinander.« Ein Blitzen trat in seine Augen. »Glaub mir«, knurrte er. »Wäre ich ein paar Minuten früher aufgewacht, wäre der Kerl nicht weit gekommen.«

Langsam schüttelte ich den Kopf. »Warum bist du geflohen? Du hast doch nichts getan.« Ich erinnerte mich noch gut daran, wie er uns in Gwydions Atomschutzbunker zu Hilfe geeilt war – ehe dieser die Kontrolle über ihn an sich gerissen hatte. »Oder?«, fügte ich verunsichert hinzu.

»Das glaubst *du*«, erwiderte Mick. »Aber da bist du wahrscheinlich die Einzige.« Er warf einen Blick aus dem Fenster, an dem das Regenwasser in unzähligen kleinen Strömen herablief. »Du hast es selbst gesagt: Ganz Wick ist hinter mir her. Der einzige Weg, meine Weste reinzuwaschen, ist es, meinen Bruder dem Tribunal auszuliefern.«

Ich räusperte mich. »Um ehrlich zu sein, denke ich, dass die Dinge viel einfacher für dich geworden wären, wenn du geblieben wärst.«

»Ach ja?« Mick lehnte sich in seinem Stuhl zurück. »Sag mal – was ist mit Vater und Sohn Harris passiert? Wozu wurden sie verurteilt?«

Aus irgendeinem Grund war die Wirkung seiner blauen Augen viel intensiver als damals. Sein bloßer Blick drohte meine Umgebung verblassen zu lassen. Ich konnte ihm nicht lange standhalten und starrte auf die Tischplatte. »Fünf Jahre Kerker.«

»Fünf Jahre Kerker«, wiederholte Mick. »Einfach nur, weil sie Opfer eines Voodoo-Fluchs geworden sind. Obwohl sie keine Schuld trifft. Wenn die beiden schon zu fünf Jahren verurteilt worden wären – was hätte dann mich erwartet? Den Bruder des Verräters, der *ohne Zweifel* mit ihm unter einer Decke steckt?«

Ich biss mir auf die Unterlippe. Irgendwo hatte er recht. Solange er frei war, könnte er mehr für sich selbst tun, als wenn er sich einsperren ließ. »Ich verstehe.«

Mick wirkte überrascht. »Wirklich? Du glaubst mir?« Er schnaubte. »Einfach so?«

Erstaunt musterte ich ihn. »Natürlich. Wenn du es sagst, glaube ich es dir. Du hast schließlich keinen Grund, mich anzulügen.« Ich zuckte die Achseln. »Ich bin nur eine Anglistik-Studentin. Du hast vor mir nichts zu befürchten.«

Ein seltsamer Ausdruck mischte sich in Micks Miene, den ich nicht deuten konnte, weshalb ich anhob: »Du suchst ihn also seit *zwei* Jahren?« Obwohl er ein Sucher und das damit schon immer irgendwie sein Job gewesen war, kam mir das wie eine unendlich lange Zeit vor.

Mick schien meine Gedanken lesen zu können. »Ich habe mein ganzes Leben lang geglaubt, ich wäre ohne Kräfte geboren worden. Zu wissen, dass Gwydion sie mir genommen hatte ... Zwei, drei oder zehn weitere Jahre, um mich zu rächen, sind nichts.«

Ich versteifte mich etwas. »Was wirst du tun, wenn du ihn gefunden hast?«, fragte ich zaghaft.

Mick schenkte mir einen langen Blick. »Ein Teil von mir hofft, dass ich ihm ins Gewissen reden kann. Aber eigentlich«, seufzte er, »weiß ich schon, dass es unmöglich bei Worten bleiben wird.«

Ich legte den Kopf schief. »Willst du deine Kräfte zurück?«

Micks Griff um sein Glas versteifte sich abrupt. »Ich will meinen Bruder zurück!«, zischte er so plötzlich, dass ich zusammenzuckte. Er atmete tief durch. Ein harter Zug bildete sich um seinen Kiefer, als er fortfuhr: »Aber womöglich hatte ich ja nie einen.«

»Ihr standet euch nie besonders nahe, oder?« Ich erinnerte mich an die distanzierte Beziehung, die Fiona zu Josie und mir gepflegt hatte, bis unsere Eltern gestorben waren. Ich war froh, dass das Schicksal dafür gesorgt hatte, dass wir uns heute näher standen denn je, und wollte mir gar nicht ausmalen, wie sich Mick dabei fühlen musste, einen Bruder zu haben, der ihn nach Strich und Faden betrogen hatte.

»Wir hatten unsere Differenzen«, wich Mick meiner Frage aus. »Du bist dran«, sagte er zu meiner Überraschung. »Sind noch mehr Nightingales zurückgekehrt, von denen ich wissen müsste?«

Ich spürte einen Stich in meiner Brust. »Nein. Nur ich.«

Mick verengte die Augen. »Wie kommt es, dass der größte Familienmensch unter den Schwestern allein in die sterbende Welt gegangen ist?«

Seine Frage drohte mir die Sprache zu verschlagen. »Weil ich hier ein Leben habe!«, antwortete ich. »Und Freunde und –« Ich unterbrach mich selbst und schnaubte. »Hör auf, über mich zu reden, als würdest du mich kennen.«

»Ich würde dir empfehlen, nach Wick zurückzukehren«, überging er meinen Vorwurf und nahm einen Schluck von seinem Whiskey. »Dort ist es sicherer für dich.«

Ich spürte einen altbekannten Funken des Ärgers in mir aufsteigen. Wie oft hatte ich diesen Satz vor zwei Jahren gehört? Vermisst hatte ich ihn nicht. »Das hast du nicht zu entscheiden!«, murrte ich. »Du am allerwenigsten.«

Mick zuckte die Achseln. »Du kannst meinen Rat befolgen oder auch nicht. Ist mir egal. Ich bin nicht für dich verantwortlich.«

»Nein«, bestätigte ich. »Bist du nicht.«

Was dann passierte, traf mich völlig unerwartet: Mick schenkte mir ein schiefes Lächeln.

Unwillkürlich umklammerte ich mein Glas. »Was?«

Der Sucher saß lässig auf seinem Stuhl, eine Hand an seinem Whiskey, den anderem Arm auf die Lehne gestützt. »Du hast dich verändert.«

Ratlos blickte ich an mir herab. Meine blonden Haare trieften vor Wasser, waren aber genauso lang wie früher. Seit ich angefangen hatte zu studieren, hatte sich weder meine Frisur noch mein Kleiderschrank noch mein Make-up verändert. »Ich sehe genauso aus wie damals.«

»Das meine ich nicht.« Als ich aufsah und mein Blick seinem begegnete, musste ich all meine Selbstbeherrschung aufbringen, um ihm nicht sofort wieder auszuweichen. Auf einmal kam es mir so vor, als würde Mick geradewegs in meine Seele hineinblicken – und das, obwohl er kein Schwarzmagier war. »Der Ausdruck in deinen Augen«, murmelte er. »Er ist anders.«

Unsicherheit machte sich in mir breit. »Ist das etwas Gutes oder etwas Schlechtes?«

Mick legte leicht den Kopf schief. »Ich würde behaupten, es wäre etwas Gutes, aber …« Neckisch hob er eine Braue. »… dann würde ich ja so tun, als würde ich dich kennen.«

Meine Wangen prickelten. Ich wusste nicht, was ich sagen sollte. Dieser Tag kam mir unwirklich vor, doch dass Mick Ainsworth etwas Nettes zu mir sagte, setzte dem Ganzen die Krone auf. »Ich … fühle mich geschmeichelt«, brachte ich schließlich einen halbwegs vernünftigen Satz zustande.

Mick runzelte die Stirn. »Warum solltest du?«

Ich blinzelte. »Ähm.« Eine peinliche Stille breitete sich zwischen uns aus, die nicht einmal vom allgegenwärtigen Stimmengemurmel gelindert werden konnte. Ich wünschte mir, Josie wäre hier und würde Mick einen blöden Spruch an den Kopf werfen und alles wäre wieder gut. Verlegen räusperte ich mich. »Ich würde das Kompliment gerne zurückgeben, aber …« Ich musterte ihn. »Du wirkst nicht anders als damals.«

In Micks Miene regte sich nichts. »Weil sich nichts verändert hat.«

Sein Glas war schon halb leer – und ich hatte an meinem noch nicht einmal genippt. Ich beschloss, das zu ändern, und bereute es sofort. Schluckreflex und Brechreiz kämpften um die Oberhand über meine Kehle, aber irgendwie schaffte ich es, den Whiskey herunterzuwürgen. Warum hatte Mick nicht mal Eis dazu bestellt? Dieser Geschmack war unerträglich.

»Diese Frau«, presste ich hervor und hoffte, dass er mir meinen Ekel nicht ansah. »Wer ist sie?«

»Jade Murphy«, erwiderte Mick. »Eine Cailleach« – dieses Wort hatte ich schon lange nicht mehr gehört – »die vor kurzem aus dem Kerker ausgebrochen ist.«

Meine Augen weiteten sich. »Und du meinst, das hat etwas mit Gwydion zu tun?«

»Nach allem, was ich von ihr gesehen habe, hat sie spätestens jetzt etwas mit ihm zu tun.«

Ich nickte langsam. »Voodoo?«

»Ich weiß es nicht. Ich *hoffe* nicht«, korrigierte er sich. »Denn das würde bedeuten, dass Gwydion immer noch verdammt stark ist.«

Ich schluckte. Ich hatte selbst gesehen, welche Kraft es brauchte, um einen Voodoo-Zauber zu wirken – an dem Tag, an dem es Josie fast das Leben gekostet hätte. Als alles in die Brüche gegangen war, hatte Gwydion sogar mehrere Menschen auf einmal mit diesem Fluch belegt.

»Es würde aber keinen Unterschied machen«, fuhr Mick fort. »Jade ist Gwydions Exfreundin. Oder zumindest war sie früher ziemlich in ihn vernarrt. Wenn sie sich seitdem nicht geändert hat, kann er sich seine Kräfte genauso gut sparen.«

Erstaunt sah ich ihn an. »Exfreundin? Was ist zwischen ihnen vorgefallen?«

»Nichts ist vorgefallen«, erwiderte er trocken. »Es ist einfach nur so, dass Gwydion nie jemanden so sehr geliebt hat wie sich selbst.«

Ein ungutes Gefühl machte sich in mir breit. Keine Ahnung, was Jade gemacht hatte, um im Kerker zu landen, aber ich konnte mir nicht vorstellen, dass ihr Fall so uneindeutig gewesen war wie der von Thomas und Russell Harris, die nur deshalb verurteilt worden waren, weil niemand Besseres zur Stelle gewesen war.

Sie war bestimmt gefährlich, und womöglich wusste das Tribunal nicht mal, dass sie hier war – in der sterbenden Welt. Und das Schlimmste war: Vielleicht würde sie niemand auch nur erkennen. »Ich habe sie als junge Frau gesehen – und in den Augen der anderen ist sie alt und gebrechlich.« Ich schluckte. »Das ist eine Art Illusion, nicht wahr?«

»Richtig«, bestätigte Mick. »Eine einfache Illusion, um zumindest die Menschen um einen herum zu täuschen.«

»Sie verfolgt mich«, sagte ich mit gesenkter Stimme und fragte mich, in wie vielen Gestalten sie sich bisher gezeigt hatte, um Kristen und meinem restlichen Umfeld nicht aufzufallen. »Egal, wo ich bin – dort ist sie auch.«

»Sie ist überall«, erwiderte er, »und nirgends. Das macht sie so gefährlich.«

Und genau das irritierte mich. »Aber warum hat sie mich nicht längst angegriffen? Ich meine«, fügte ich hilflos hinzu und breitete die Arme aus, »ich bin hier. Worauf wartet sie noch?«

Mick schnaubte. »Hast du schon wieder alles vergessen, was du damals über dich selbst gelernt hast?«

Mir wurde mulmig zumute. »Über … mich selbst?«

»Du hast Danas Segen«, erinnerte er mich. »Und damit eine magische Macht, die sich Gwydion unter den Nagel reißen will. Das bedeutet, er kann dich nicht töten. Das ist dein Vorteil.«

Ich grunzte. »Wow.«

»… aber er kann dich auch nicht angreifen.« Mick sah mich fest an. »Er hat Angst vor dir, Amber.«

Verdattert starrte ich ihn an. »Angst?«, wiederholte ich. »Vor *mir?*«

»Warum überrascht dich das?«, fragte Mick unbeeindruckt. »Du hast ihn schon einmal fast getötet. Es gibt keinen Grund, zu glauben, du könntest es nicht wieder tun.«

»Aber … ich bin allein«, entgegnete ich. »Josie ist nicht hier, und –«

»Das spielt keine Rolle«, unterbrach er mich mit einer Mischung aus Erstaunen und Unglauben. »Ihr seid keine zwei Teile eines Puzzles, das nur als Ganzes funktioniert. Jede von euch trägt Danas Segen – unabhängig voneinander.«

»Sie ist stärker als ich!«, beharrte ich. »Was wir da gemacht haben … Das hätte ich nie ohne sie geschafft. Es ging alles von ihr aus.«

Etwas Mitleidiges mischte sich in Micks Miene. »Das glaubst du doch nicht wirklich, oder?«

Die Art, wie er mich ansah, machte mich rasend. »Was weißt du schon?« Demonstrativ wandte ich den Blick ab.

»Deine Schwester ist alles andere als eine Heilige«, legte er ungerührt nach.

Sofort fixierte ich ihn. »Hey!«, zischte ich. »Sprich nicht so über sie!«

Mick seufzte. »Und ich dachte schon, ich hätte die umgänglichste unter den Nightingale-Kratzbürsten erwischt.«

Entgeistert starrte ich ihn an. »Ich bin keine … Kratzbürste!«

»Trinkst du den noch?«, fragte er und nickte in Richtung meines Glases.

Ich war so verdattert, dass ich den Kopf schüttelte. Ich sah dabei zu, wie Mick mich um meinen Whiskey erleichterte und zehn Pfund Sterling in einem Zug leerte.

»Wenn Gwydion hier ist«, versuchte ich, meine Fassung zu bewahren, »sollten wir Hilfe holen. Das Tribunal informieren. Damit sie nach ihr suchen.«

Mick hob eine Braue. »Auf einmal zieht es dich also doch zurück nach Wick?«

»M-mich?« Heftig schüttelte ich den Kopf. »Ich habe von dir gesprochen.«

Er grunzte. »Mich bringen keine zehn Pferde auf die andere Seite. Nicht, wenn ich meinen Bruder nicht in Ketten hinter mir herschleife.« Er kniff die Augen zusammen. »Wovor hast du Angst, Amber?«

Ein Zucken ging durch meine Braue. Was erwartete er von mir? »Vor schlechten Bewertungen«, antwortete ich. »Vor Autos, die keinen Blinker setzen, bevor sie abbiegen. Vor Schlangen. Vor dem Verschlafen. Vor –«

»Komm schon!«, murrte er. »Du weißt genau, was ich meine.« Etwas Finsteres mischte sich in seine Miene. »Fürchtest du dich vor Wick – oder vor der Cailleach in dir?«

Meine Augen weiteten sich. Seine Worte drangen mir bis ins Mark. Ich hatte ihn früher nicht besonders gut kennengelernt – und ich hatte noch nie so viel Zeit mit ihm verbracht wie heute, unzählige Monate später. Und doch hatte er mich sofort durchschaut. Wie in aller Welt war das möglich?

Ich biss die Zähne zusammen und senkte den Blick. Ich wollte ihm keine Antwort geben – weil ich es nicht konnte. Weil ich sie selbst nicht kannte.

Als er aufstand, wusste ich, dass unser Wiedersehen gelaufen war. »Der geht auf dich.«

»Was?« Fassungslos schüttelte ich den Kopf. »Du bestellst das teuerste Getränk auf der Karte und erwartest, dass dich eine Studentin einlädt?«

Mick zuckte nicht mit der Wimper. »Du bekommst dein Stipendium doch noch, oder?«

Meine Gesichtszüge entgleisten. »Wie lange stalkst du mich schon?«

Er schnaubte. »Um das herauszufinden, habe ich keine fünf Minuten gebraucht. Du solltest aufhören, dein ganzes Leben im Internet zu posten.«

Ehe ich mich über ihn aufregen konnte, wurde mir klar, dass er überhaupt keine andere Wahl hatte, als mich die Rechnung übernehmen zu lassen. Er wurde seit mehr als zwei Jahren vom Tribunal gesucht – der Organisation, die ihn immer bezahlt hatte. Jetzt aber, wo er Gwydion auf eigene Faust suchte, war er arbeitslos. Er musste pleite sein.

»Du bist unglaublich«, stieß ich hervor und fummelte meinen Geldbeutel aus der Tasche.

Mick legte mir eine Hand auf die Schulter. »Pass auf dich auf, Nightingale.«

»W-warte!«, hielt ich ihn auf, ehe er sich aus dem Staub machen konnte. »Was hast du denn jetzt vor?«

»Genau das, was ich die letzten dreißig Monate getan habe.« Seine Berührung verschwand, und als ich beim Bezahlen aus dem Fenster sah, konnte ich gerade so seine großgewachsene Silhouette erkennen, die mit der Nacht verschmolz.

Ich ließ mein letztes Bargeld im Bull und ging ebenfalls nach draußen. Wie erwartet war Mick nirgends mehr zu sehen. Wäre auch zu viel verlangt gewesen, dass er mich wie ein Gentleman bis zu meiner Haustür begleitete, nachdem er sich von mir hatte einladen lassen.

Als ich nach Hause ging, glaubte ich keine Sekunde lang, dass ich allein war. Doch im Gegensatz zu vorhin kam ich mir nicht im negativen Sinn beobachtet vor. Stattdessen fühlte es sich so an, als wäre jemand an meiner Seite. Jemand, der über mich wachte. Der mich beschützte.

Irgendwie beflügelte mich das. Ich wusste nicht, ob es an Mick lag oder an der Tatsache, dass er einen Teil von mir repräsentierte, die ich die letzten zwei Jahre über verdrängt hatte: die Cailleach in mir.

»Wohin du auch gehst, Josephine Nightingale, hinterlässt du eine Spur aus Chaos und Zwiespalt.«

Das kleine Zimmer, in dem Josie gesessen hatte, wich der Schwärze hinter meinen Augenlidern, und die Stimme, die zu ihr gesprochen hatte, hallte schmerzhaft in meinem Kopf wider.

Mein Atem ging nur noch flach, und meine Wangen waren durchnässt. Normalerweise passierte das nur bei Albträumen, in denen einer meiner Schwestern in Wick etwas zustieß, ohne dass ich etwas dagegen unternehmen könnte. Diesmal jedoch war es anders. Alles, was ich in den letzten beiden Jahren von Josie bekommen hatte, waren diese seltsamen Träume gewesen. Jetzt, wo ich keinen Kontakt zu ihr hatte, konnte ich mir nicht einmal mehr sicher sein, ob es sich dabei um Visionen oder Einbildungen handelte, die sich mein Unterbewusstsein in seiner Verzweiflung selbst zusammengesponnen hatte. Ich hoffte einfach nur, dass es ihr gut ging. Und dass sie wusste, dass es mir auch gut ging.

Bis mir auffiel, dass es das überhaupt nicht tat. Und dass absolut nichts in Ordnung war.

In dem Augenblick, in dem die Erinnerung an gestern zu mir zurückkehrte, begannen sich die Härchen an meinen Armen jedes einzeln aufzustellen. Ich fröstelte, obwohl meine Heizung auch bei Nacht lief. In meinem Zimmer war es vollkommen ruhig. Die ganze Wohnung war in eine Totenstille gehüllt. Es musste schon so spät sein, sodass sogar Kristen, die in letzter Zeit öfter Nachtschichten eingelegt hatte, als ich zählen konnte, schlafengegangen war. Kein Grund, aufzustehen oder auch nur die Augen zu öffnen.

Wäre da nicht diese seltsame Eingebung, die mich einfach nicht mehr losließ. Die sich genauso anfühlte wie gestern, als ich Kristen zum Bus begleitet und den Drang verspürt hatte, ein schnelles Selfie zu machen.

In dem Moment, in dem ich daran dachte, kam es mir so vor, als würde ich einen kaum merklichen Luftzug in meinem Gesicht spüren. Und das, obwohl das Fenster geschlossen war. Er war so leicht, so sachte wie ein Atemzug …

Die Gewissheit traf mich wie ein Schlag. Da war jemand in meinem Zimmer.

Ich riss die Augen auf und wusste nicht, wie mir geschah. Ich kannte keinen einzigen Zauber mehr, geschweige denn auch nur eine dazugehörige Vokabel. Alles, was mir durch den Kopf zuckte, war der dringliche Wunsch, das Licht anzuschalten.

Im nächsten Moment wurde der ganze Raum von Licht durchflutet – so plötzlich, dass ich zuerst nichts als geblendet wurde. Doch sogar dann, als die Helligkeit wie eine Hornisse in meine Augen stach, konnte ich sie klar und deutlich erkennen – das Gesicht der Frau mit den Kristallohrringen, die sich über mich beugte.

Ich riss den Mund auf.

»*Ciúin*«, drang zum ersten Mal ihre raue Stimme an meinen Ohren.

Mein Schrei blieb mir im Hals stecken. So sehr ich es auch versuchte und so viel Luft ich auch ausstieß – kein einziger Laut drang aus meiner Kehle. Ich war stumm.

Ich fuhr aus meinem Bett hoch –

»*Stad!*«, zischte sie – und ich erstarrte am ganzen Körper. Ungebremst fiel ich zurück auf meine Matratze, mit nichts als meinem Blümchen-Pyjama am Leib, und blickte aus weit aufgerissenen Augen zu dem freudlosen Lächeln hinauf, das sie mir schenkte.

Mein Herz schlug mir bis zum Hals, und gleichzeitig war das die einzige Regung, zu der ich fähig war. Ich konnte mich nicht bewegen. Ich konnte nicht schreien.

Ich brauchte Hilfe. Ich wusste nicht, wie Jade in meine Wohnung gekommen war, doch irgendjemand musste sie gesehen haben. Musste Wind davon bekommen haben, wie sie hier eingebrochen war. Jemand musste sie aufhalten.

Aber noch immer war es vollkommen still. Kristen hörte nichts. Sie bekam nichts davon mit. Sie würde nicht aufwachen. Niemand würde das.

Ich war allein.

»Sch«, flüsterte Jade. Sie musste älter als Mick sein, doch ihre Stimme klang hoch und dünn wie die eines Teenagers. »Es ist gleich vorbei.« Sie legte eine Hand auf meine Stirn, die sich eiskalt anfühlte. »*Codladh*«, raunte sie.

In den Tiefen meines Gedächtnisses kramte ich nach der Bedeutung dieses einzelnen Wortes. Es kam mir so bekannt vor, so vertraut …

Auf einmal spürte ich die Kälte ihrer Haut nicht mehr – und das, obwohl ihre Finger immer noch auf meiner Stirn ruhten. Die bloße Berührung verblasste in meiner Wahrnehmung. Meine Lider wurden schwerer, meine Gedanken träger, bis ich bemerkte, wie ich langsam zurück in den Schlaf glitt …

Ein Einschlafzauber, schoss es mir durch den Kopf. Die Panik, die in mir aufstieg, war nichts weiter als ein Blitz, der durch meinen Geist zuckte, um dann wieder von der Finsternis der Müdigkeit verschlungen zu werden. Ich konnte meine Augen nicht offen halten. Nicht bei Bewusstsein bleiben.

Aber ich musste. Wenn ich jetzt einschlief, dann …

Meine Sicht schwand. *Dann …*

»Lazarus«, zischte eine vertraute Stimme. Plötzlich stand er einfach hinter ihr, riss sie mit beiden Armen von mir fort und schleuderte sie gegen mein Bücherregal, dessen Bretter mit einem lauten Krachen in die Brüche gingen.

Jade rollte sich mit einem halben Purzelbaum auf dem Boden ab und sprang auf die Füße. »*Tintreach!*«, rief sie aus. Ein Blitz zuckte durch den Raum – und durch Mick hindurch, der spurlos verschwand. Mein Regal, das gerade hatte kapitulieren wollen, stand völlig unberührt da. Der Sucher war nie hier gewesen – natürlich nicht.

Die Zauber, die auf mir lasteten, lösten sich. Abrupt riss ich die Augen weiter auf. Ich fuhr in dem Moment hoch, in dem Jade zu mir herumwirbelte. Zeitgleich öffneten wir die Münder –

Die Tür schwang mit einem Knall auf, als der echte Mick hindurchbrach und sich auf Jade stürzte. Es gab einen dumpfen Aufprall, als sie auf dem Boden landeten, er über ihr, eine Faust in die Luft gerissen. Mit einem wütenden Schrei versenkte er sie im Gesicht der Frau.

»*Fág!*«, schrie Jade und warf ihn mit voller Wucht gegen mein Regal.

Mick prallte davon ab und stürzte zu Boden – und die obere Hälfte des Möbelstücks brach endgültig über ihm zusammen. Mehrere Bücher und eine Schneekugel aus Reading regneten auf ihn herab, und Mick riss die Arme hoch, um seinen Kopf zu schützen. »*Féach cad* –«

Aber die Frau mit den Kristallohrringen war noch nicht fertig. »*Fulaingt.*«

Mick stoppte mitten im Zauber. Stattdessen drang ein erstickter Laut aus seiner Kehle. Er sackte zu Boden und krümmte sich zwischen meinen Büchern, als würde ihn etwas innerlich zerreißen.

Mein Herz verkrampfte in meiner Brust. »Mick!« Ich sprang aus meinem Bett und wollte zu ihm stürzen – doch meine schieren Überlebensinstinkte hielten mich davon ab. Ich musste kämpfen. Musste mich verteidigen – *uns* verteidigen. Aber wie?

»Ariadne«, fiel mir mein spiritueller Name ein.

Jades Blick zuckte zu mir. »Codladh«, sagte sie wieder – doch diesmal war ich vorbereitet. Ich spürte, wie eine unsichtbare Macht an mir zog, an meinem Bewusstsein zerrte und es zu einer winzigen Kugel zusammenschrumpeln lassen wollte.

Aber das ließ ich nicht zu. Denn ich wusste, dass ich stärker war als sie. Dana hatte mich gesegnet. Mein magischer Schutz war hundertmal größer als ihre Macht.

Ich ließ den Zauber nicht an mir abperlen. Stattdessen gab ich ihm nach – nur ein ganz kleines bisschen, aber nicht genug, um meine Augen zufallen zu lassen. So viel, dass Jade instinktiv mehr und mehr Energie in ihren Zauber lenkte in der Hoffnung, sie könnte mich tatsächlich einschläfern.

Und doch blieb ich aufrecht stehen. Während sich ein Teil von mir darauf konzentrierte, mich zu verteidigen, kreisten meine Gedanken unaufhörlich um den nächsten Schritt. Ich war eine Weißmagierin. Wie könnte ich zurückschlagen?

Die Antwort war so einfach wie verheerend: Gar nicht. *Außer …*

Jades Augen weiteten sich, als sie meinen Bluff erkannte. Erschöpft sackte sie auf ein Knie, die Nase blutig und die Kiefer zusammengepresst von den Schmerzen, die ihr der Kickback schon jetzt verschaffen musste.

Auf einmal wurde ich von fester Entschlossenheit erfüllt. Ich würde das hier beenden. Aber nicht mit Weißmagie.

Die nächsten Sekunden widmete ich meiner Schwester Josie. Meine Lippen teilten sich: »Dóit-«

Ein kaum hörbares Keuchen zog abrupt meine Aufmerksamkeit auf sich.

Jade hatte Mick noch immer unter ihrer Kontrolle. Er lag seitlich auf dem Boden, die Augen so weit aufgerissen, als würden sie gleich aus seinem Schädel purzeln. Die Adern darin traten dunkelrot hervor. Sein Mund war geöffnet, aber kein Ton drang mehr heraus. Er krümmte sich nicht länger, bewegte sich nicht länger, lag einfach nur da, der Körper so angespannt wie ein Drahtseil, ehe es endgültig in zwei Teile riss. Ich konnte förmlich spüren, wie sein Leben durch meine Finger glitt.

Mein Herz machte einen Satz. »*Fuascailt thú!*«, rief ich und wusste überhaupt nicht, wo diese Worte auf einmal herkamen.

Ein Ruck ging durch Micks Körper, er rappelte sich auf und schnappte nach Luft. »Cod-«

»Tintreach!«, stieß Jade hervor und schleuderte einen Blitz quer durch den Raum.

Cosaint, zuckte es durch meinen Geist – und eine schützende Barriere tat sich vor Mick auf, die den Blitzschlag einfach in sich aufsaugte.

Beide rissen die Köpfe zu mir herum – sie schienen genauso überrascht zu sein wie ich selbst.

»Amber?«, drang plötzlich ein gedämpfter Ruf an meine Ohren. Kristen stand auf dem Gang vor der geöffneten Tür.

Ihre Augen weiteten sich, als ihr Blick abwechselnd von mir zu Mick zu Jade und wieder zurückwanderte. »Was –«

In einer fließenden Bewegung sprang Jade auf die Füße. Ich hatte keine Ahnung, ob Kristen in ihr eine junge oder eine alte Frau sah – aber was auch immer es war, es ließ ihre Gesichtszüge entgleisen.

»Kristen!«, warnte ich sie. »Lauf!«

Mit einem wütenden Brüllen machte Jade einen Satz auf sie zu.

»Nein!«, rief ich. Dann war es, als würden meine Gedanken von einem fremden Geist geformt werden: »*Fan anseo!*«

Jade stürzte zur Tür – und wurde von einer unsichtbaren Wand zurückgeworfen.

Und zwar direkt in meine Richtung. Im nächsten Moment riss sie mich von den Füßen. Ich hörte Kristen schreien, bevor ich rücklings auf meinem Bett landete, die Frau über mir. Verzweifelt tat ich das Erstbeste, was mir einfiel, und schlang beide Arme um sie.

»*Teas!*«

Ich hatte dieses Wort noch nie zuvor gehört, begriff aber sofort, was es bedeutete, als sich eine unbeschreibliche Hitze auf Jades Haut ausbreitete. Ein lautes Zischen ertönte, als ein brennender Schmerz durch meine Hände zuckte. Ich quietschte und ließ sie los.

Die Frau fuhr hoch und streckte eine Hand in meine Richtung aus. »Ful-«

Micks großgewachsene Silhouette baute sich hinter ihr auf, ehe er Jade an der Schulter zurückriss und ihr einen Hieb gegen die Schläfe versetzte. Sie ging wie ein nasser Sack zu Boden.

In einer fließenden Bewegung wirbelte er zu Kristen herum. »*Féach cad a fheicim*«, stieß er hervor – und ihre Augen weiteten sich.

Ich bekam keine Gelegenheit, zu beobachten, was zur Hölle Mick mit meiner Mitbewohnerin tat, denn in diesem

Moment ging ein Ruck durch Jades Körper. Benommen stemmte sie die Hände gegen den Boden und machte Anstalten, sich aufzurichten.

Ich atmete schwer – weniger vor Erschöpfung und mehr vor Schreck. Mein Herz schlug mir bis zum Hals und das in einer Geschwindigkeit, dass ich die einzelnen Schläge nicht mehr auseinanderhalten konnte. Doch noch viel größer als der Schock war die unbeschreibliche Wut, die mich packte. Mick und ich waren die eine Sache, aber Kristen eine ganz andere.

Das reichte. Und zwar endgültig.

Ich riss einen Arm hoch. »Dói-«

Mick schien zu ahnen, was ich vorhatte. »Nicht!«

Ich wusste nicht, warum, aber ich reagierte sofort. »Stad!«, entschied ich mich im letzten Moment um.

Jade hatte sich gerade so halb aufgerichtet – und erstarrte mitten in der Bewegung. Ich konnte kaum glauben, dass das mein Werk war. Dass ich Schwarzmagie gewirkt hatte.

Vorsichtig stand ich auf. Mick auf Jades anderen Seite hielt nicht den geringsten Sicherheitsabstand zu ihr. Er schien wirklich darauf zu vertrauen, dass ich diesen Zauber aufrechterhalten konnte. »Sprechen wir Klartext. Wo ist er?«, knurrte er. »Wo ist Gwydion?«

Jade atmete schwer. Das Blut quoll noch immer aus ihrer Nase und tropfte von ihrem Kinn auf ihre Brust. Ihre Augenlider hingen auf Halbmast. Sie sah so aus, als würde sie nicht mehr lange bei Bewusstsein bleiben.

Ich lockerte den Zauber ein ganz klein wenig – hoffte ich zumindest – und beobachtete, wie sich ihre Lippen teilten, als wollte sie etwas sagen. Mein ganzer Körper spannte sich an, als sie sagte: »*Tóg mé ar shiúl.*«

Ich erschrak. »Sta-« Ich stockte, denn die Frau war bereits verschwunden.

Verdammt. Daran hatte ich nicht gedacht.

Mick fluchte, während ich entkräftet auf meine Bettkante sackte. Eigentlich war es mir herzlich egal, dass Jade geflüchtet war, weil ich genau wusste, dass sie in ihrem Zustand so schnell nicht wieder auftauchen würde. Wir waren in Sicherheit.

Mein Blick zuckte zu Mick, der keuchte, als wäre er einen Marathon gelaufen. »Du hast mich −«

»Wir sind noch nicht fertig!«, unterbrach er mich mit finsterer Miene. Im nächsten Moment hatte er mich am Handgelenk gepackt und riss mich grob auf die Füße.

»Hey!«, beschwerte ich mich, doch anstatt mir eine Antwort zu geben, zerrte er mich aus dem Raum. »Was soll das?«

Vor Kristens Zimmertür blieben wir stehen. »Kümmer dich drum«, befahl er. Als er verstummte, glaubte ich, eine nuschelnde Stimme auf der anderen Seite zu hören.

Mein Herz verkrampfte sich in meiner Brust. Hektisch klopfte ich an der Tür. »Kristen?«, fragte ich, erntete aber keine Reaktion. Vorsichtig öffnete ich − und sah Kristen, die sich mitten in ihrem Zimmer um die eigene Achse drehte, den Blick an die Decke gerichtet, als würde sie dort mehr als nur ihre altmodische Lampe erkennen.

»Wow«, flüsterte sie. »So viele Wolken.«

Ein eiskalter Schauer lief mir über den Rücken, und ich wirbelte zu Mick herum. »Was zum Teufel hast du gemacht?«

Er verzog keine Miene. »Bring das in Ordnung.«

»Was in Ordnung bringen?«, fragte ich irritiert. »Was du angerichtet hast?«

»Siehst du das?«, flüsterte Kristen. »Das Pferd hat Flügel.«

»Sie weiß zu viel«, ermahnte er mich. »Sie hat zu viel gesehen.« Er ging an mir vorbei und packte sie am Arm. Meine Freundin bemerkte das überhaupt nicht, sondern konzentrierte ihre Aufmerksamkeit einzig und allein dem unsichtbaren Pegasus. Mit sanfter Gewalt führte er sie zu ihrem Bett und drückte sie an der Schulter herunter, damit sie sich setzte. »Tu es!« Auf einmal wirkte er einfach nur noch müde.

Ich schluckte. »Ist ja gut! Was soll ich tun?«

»*Déan dearmad ar an olc*«, sagte er ohne jede weitere Erklärung. Erst als ich ihm einen verständnislosen Blick zuwarf, fügte er hinzu: »*Vergiss das Schlechte.*«

Ich atmete bebend durch und wandte mich Kristen zu. »Ariadne. Déan«, wiederholte ich langsam, »dearmad ar an olc.«

Es war, als würde ich in eine weiße Wolke aus Erinnerungen und Eindrücken eintauchen. *Wie durch einen verschwommenen Schleier sah ich, wie Kristen die Augen* öffnete. Sie war an ihrem Schreibtisch über einem Buch eingeschlafen. Aus dem Nebenzimmer ertönten dumpfe Geräusche. Schreie. Irgendetwas stimmte mit Amber nicht.

Sie stürzte aus dem Zimmer und nach nebenan –

Ich wusste instinktiv, was ich tun musste. Ich setzte in dem Moment an, in dem Kristen die Augen geöffnet hatte, und nahm ihr jegliche Erinnerungen an alles, was danach passiert war. Sie gingen von ihr auf mich über, wo sie sich zu meinen eigenen mischten und zu einem Teil von mir wurden.

Ich wurde jäh in die Gegenwart zurückgerissen, als Mick Kristens Zimmertür vor meiner Nase schloss. Ich hatte überhaupt nicht mitbekommen, dass er mich nach draußen geführt hatte. »Gut so.« Ohne Umschweife begab er sich zurück in mein Schlafzimmer.

»H-hat es geklappt?«, fragte ich ratlos und folgte ihm. Am Rande meines Bewusstseins registrierte ich, dass ich immer noch nur meinen Pyjama trug – die letzte Klamotte, in der ich von jemandem wie Mick Ainsworth gesehen werden wollte.

»Wir werden sehen.« Es war nicht zu überhören, dass er gereizt war. Sorgfältig schloss er die Tür hinter mir. Als er sich mir zuwandte, blickte er mit einer Mischung aus Ärger und Enttäuschung auf mich herab – was ihm nicht besonders schwerfiel, weil er zehn, fünfzehn Zentimeter größer als ich war. »Welchen Teil von *Pass auf dich auf* hast du nicht verstanden?«

Meine Schultern sackten herab. »Was hätte ich denn tun sollen?«, brauste ich auf. »Vierundzwanzig sieben wach bleiben?«

Entgeistert schüttelte er den Kopf. »Einen Schutzzauber wirken? Einen an dein Fenster zeichnen? Was auch immer Roghnaithe-Weißmagier machen, um sich gegen den Feind abzusichern?!«

»Ich *bin* keine Cailleach mehr!«

»Tut mir leid, dich enttäuschen zu müssen«, gab er zurück. »Aber wenn dem so wäre, wären wir jetzt beide tot.«

Ich ballte die Hände zu Fäusten. »Gern geschehen.« Ich wirbelte herum und stapfte in Richtung meines restlos zerstörten Regals. Halbherzig fischte ich einige der Bücher vom Boden und baute einen Stapel aus ihnen. Viele von ihnen waren ungünstig gelandet, und ihr Anblick löste Wehmut in mir aus. Abgestoßene Ecken und abgeknickte Seiten, wohin das Auge reichte.

In der Stille, die sich zwischen uns ausbreitete, klärten sich meine Gedanken allmählich. »Ich dachte, sie wäre eine Weißmagierin«, sagte ich mit rauer Stimme. »Wie konnte sie Schwarzmagie einsetzen?« Ich versteifte mich, als mir die einzige plausible Erklärung dafür einfiel. »Ist sie etwa auch eine –«

»Nein«, antwortete er entschieden. »Das muss mit den Kristallen zu tun haben, die sie bei sich trägt. Gwydions Markenzeichen.«

»Sie verleihen ihr also größere Kräfte«, schloss ich. *Andere* Kräfte. »Aber nicht so große wie ihm selbst.« Ich biss die Zähne zusammen. »Ich hätte sie schlagen können.«

»Natürlich hättest du das.« Mick ließ sich ungefragt auf meine Bettkante sinken, aber da er immer noch schwer atmete, beschwerte ich mich nicht. »Doch das ändert nichts daran, dass wir sie lebend brauchen – zumindest, wenn wir Gwydion finden wollen.«

»M-mhm.« Mir wurde schlecht, als mir klar wurde, dass ich drauf und dran gewesen war, einen Menschen zu töten. Es war, als holte die Magie das Übelste aus mir heraus.

Ich gab es auf, meine Bücher aufstapeln zu wollen, und setzte mich neben Mick auf das Bett. »Tut mir leid«, sagte ich kleinlaut. »Dass sie entkommen ist, war meine Schuld.«

»Du kannst nichts dafür«, blockte er ab. »Verrat mir nur eines: Hat sie in dieser ganzen Zeit auch nur ein einziges Mal ihren spirituellen Namen gesagt.«

Ich legte die Stirn in Falten. So wenig ich es auch wollte, ließ ich die letzten Minuten revue passieren – aber ich konnte mich nicht erinnern, einen spirituellen Namen aus ihrem Mund gehört zu haben. »Ich glaube nicht.«

»Dann können wir zumindest eine unserer Fragen beantworten.«

Seine Worte jagten mir einen eisigen Schauer über den Rücken. »Also ist sie verhext?« Als ich Mick ansah, war seine Miene undurchdringlich. Dafür zog etwas anderes meine Aufmerksamkeit auf sich. »Hey.« Vorsichtig legte ich eine Hand auf seinen Hinterkopf, der feucht schimmerte. Als er zusammenzuckte, wusste ich, dass ich mich nicht irrte. »Du bist verletzt.«

»Das ist nicht –«, hob er an, doch ich hörte ihm überhaupt nicht zu.

»*Aisghabháil*«, erinnerte ich mich vage an den Heilzauber, den mir Angela einmal beigebracht hatte. Ich hatte keine Ahnung, ob es das richtige Wort war, geschweige denn, ob ich es korrekt aussprach, aber ich spürte, wie sich die Wunde unter meinen Fingern zu schließen begann.

Anstatt sich zu bedanken, schenkte mir Mick einen finsteren Blick. »Verschwende deine Energie nicht an mich.«

»Es ist keine Verschwendung, wenn es dir hilft«, betonte ich und ließ meine Hand noch ein paar Sekunden dort liegen, um sicherzugehen, dass die Wunde auch wirklich verheilt war.

Mick drehte den Kopf, um mich direkt anzusehen, und für einen unendlich langen Moment waren seine blauen Augen alles, was ich noch wahrnahm. »Danke.«

Wow, er kannte das Wort ja doch. Und sein Klang ließ eine wohlige Wärme in meiner Magengrube aufsteigen. Ich lächelte. »Na also.« Ich fischte ein Taschentuch aus der Box auf meinem Nachttisch, die immer griffbereit war, wenn ich bei einem schnulzigen Buch oder Film schluchzte, und wischte mir behelfsmäßig Micks Blut von der Hand. Nebenbei ließ ich den Blick über die Überreste meines Mobiliars schweifen. »Hilfst du mir dafür dabei, mein Regal wieder aufzubauen?« Oder zumindest das, was noch davon übrig war.

»Nein.« Er wollte vielleicht schnippisch klingen, aber seine Stimme war so matt wie der Ausdruck in seinen Augen, als wäre er unglaublich erschöpft. Er hatte so viel Magie gewirkt und musste den Kickback seines Lebens davongetragen haben.

Ich stöhnte. »Du bist doch ein starker Mann, oder? Das bekommst du sicher mit links hin.«

Mick schnaubte. »Eine Roghnaithe, die einen *Fuil Millte* ihre Drecksarbeit machen lassen will? Du *bist* eine Cailleach durch und durch.«

Verständnislos starrte ich ihn an. »Du hast es doch kaputt gemacht!«

Mick stand auf und ging zur Tür. »Gute Nacht, Amber.«

»W-warte!«, hielt ich ihn zurück, sodass er mitten im Zimmer stehenblieb. »Was nun?« Ich sprang auf und schüttelte den Kopf. »Ich bin angegriffen worden, wir haben gekämpft, sie ist uns entwischt und jetzt ... jetzt gehst du einfach wieder?«

»Was?« Er schenkte mir einen schiefen Blick. »Willst du etwa, dass ich hier übernachte?«

Mein Magen krampfte sich zusammen. »N-nein!«

»Dann wäre doch alles geklärt.«

Ich machte einen Schritt auf ihn zu. »Aber … was hast du denn jetzt vor?«

Mick drehte sich vollends zu mir um und musterte mich abschätzig. »Meinen Job. Was denn sonst?«

Meine Kehle wurde trocken. »Also war es das? Ich meine …« Ich stockte. »Du bist hierhergekommen und jetzt, wo Jade weg ist, bist du auch wieder über alle Berge?«

Seine Miene blieb ausdruckslos. »Selbstverständlich. Hier hält mich schließlich nichts mehr.«

Ich spürte einen Stich in meiner Brust und konnte mir nicht erklären, warum. Irgendetwas an dieser Situation fühlte sich unglaublich falsch an. »Ist das kein einsames Leben?«, fragte ich leise.

Mick wirkte erstaunt, fasste sich jedoch gleich wieder. »Jade ist hinter dir her«, entgegnete er. »Ich bin hinter Jade her. Und ganz zufällig ist eine ganze Horde von Suchern hinter mir her. Mein Leben ist aufregend genug, glaub mir.«

»Ich spreche nicht von *aufregend*«, widersprach ich. »Sondern von *einsam*.«

Ein paar Sekunden lang blieb es still. Sekunden, in denen mich Mick einfach nur ansah. Dann antwortete er: »Es ist alles, was ich je gekannt habe.«

Mit diesen Worten ließ er mich allein.

3.

Das Auto

Nach einigem Suchen fischte ich tatsächlich das Vokabelheft, das ich in Wick angelegt hatte, aus meinen Sachen. Ich sprach alle Schutzzauber aus, die ich darin fand und die mich so auslaugten, dass ich todmüde ins Bett fiel.

Als ich aufwachte, stand die Sonne schon hoch am Himmel. Ich hatte mindestens drei Stunden zum Lernen verloren – und ich verlor noch mehr davon. Nicht, weil mir irgendetwas dazwischenkam, sondern weil ich mich einfach nicht konzentrieren konnte. Zu viel war während der letzten vierundzwanzig Stunden passiert – und ich konnte mir nicht mal einreden, dass ich es mir eingebildet oder alles nur geträumt hatte. Mein zertrümmertes Regal war Beweis genug.

Von Kristen bekam ich nur wenig mit. Ich traute mich nicht, an ihre Zimmertür zu klopfen, weil ich Angst vor dem Ergebnis hatte. Solange ich sie nicht sah, war sie Schrödingers Kristen: Ihr ging es gut und gleichzeitig ging es ihr ganz und gar nicht gut. Bis ich nicht mit ihr sprach, würde ich nie herausfinden, was davon wirklich auf sie zutraf. Die Ungewissheit war mir aber auch lieber, als zu wissen, dass es ihr dreckig ging. Doch im Laufe des Tages hörte ich sie ab und zu von ihrem Zimmer in die Küche oder ins Bad und wieder zurückschlurfen und konnte mir einreden, dass alles in Ordnung war.

Am Abend saßen wir wie jeden Tag zusammen beim Abendessen. Samstags kochte Kristen – diesmal gab es eine orientalische Reispfanne, die ich gierig herunterschlang. »Wie geht es dir?«, fragte ich betont beiläufig.

»Furchtbar!«, stieß sie hervor, und mir blieb mein Essen beinahe im Hals stecken. Ein mulmiges Gefühl stieg in meinem Bauch auf, aber dann fuhr sie fort: »Denkst du, ich würde diesen ganzen Stoff in meinen Schädel kriegen? Nichts da.« Sie verdrehte die Augen. »Ich sag's dir, dieses Semester kann ich so was von wiederholen.«

Erleichtert ließ ich die Schultern hängen. »Das wird schon!« Ich zögerte. Dann beschloss ich, aufs Ganze zu gehen: »War letzte Nacht alles in Ordnung?«

Kristen runzelte die Stirn. »Ja. Warum?«

»Ähm.« Verdammt. Vielleicht hätte ich das Gespräch erst zu Ende denken sollen. »Es war ganz schön stürmisch draußen. Das hat mich aufgeweckt.«

»Oh.« Kristen blinzelte. »Hab ich gar nicht mitbekommen.«

»Du Glückliche«, antwortete ich mit belegter Stimme. Während ich mich dazu zwang, weiterzuessen, ruhte ihr Blick noch eine Weile auf mir.

»Was ist mit dir?«, fragte sie dann. »Bei dir alles okay?«

»Klar«, erwiderte ich mit vollem Mund, ohne aufzusehen.

»Sicher? Du wirkst etwas … durch den Wind. Schon seit ein paar Tagen. Noch mehr als sonst«, fügte sie schnippisch hinzu.

»Ach, es ist nur …«, hob ich an, ohne zu wissen, wie ich den Satz beenden wollte. Plötzlich wurde ich von einer tiefen Beklommenheit erfüllt. Kristen war meine beste Freundin, und auf einmal wollte ich nichts lieber, als ihr alles zu erzählen – nicht nur von dem, was gestern passiert war, sondern von einfach allem. Davon, dass ich eine Hexe war, genau wie meine Eltern welche gewesen waren, bevor sie von einem Mann getötet worden waren, der wiederum durch einen Größenwahnsinnigen per Voodoo gelenkt worden war.

Aber das konnte ich nicht. Nicht zuletzt deshalb, weil ich befürchtete, dass Mick bei nächstbester Gelegenheit durch mein Fenster krachen und mich dazu zwingen würde, den Vergessens-Zaubern an ihr zu wirken.

Ich fragte mich, wann ich ihn wiedersehen würde.

»Amber?«, riss mich Kristen aus meinen Gedanken.

Den Löffel im Mund, zuckte ich zusammen. »Was?«, nuschelte ich durch das Metall hindurch.

Mit gerunzelter Stirn starrte mich meine Mitbewohnerin an. »Du wolltest gerade was sagen.«

»Wollte ich das?«, fragte ich ratlos.

Kristens Schultern sackten herab. »Ich sag's doch. Völlig durch den Wind.«

Am Sonntag war ich mit Kochen dran – was mir leider erst am späten Nachmittag einfiel. Genauso wie die Tatsache, dass wir absolut nichts mehr in der Küche hatten.

Ich zwang mich dazu, mich von meiner Englischlektüre loszureißen, bei der mir ohnehin nur irische Begriffe durch den Kopf zuckten, zog meine Jacke an und machte mich auf den Weg in den nächsten lokalen, dafür überirdisch teuren Supermarkt, um dort zumindest eine Packung Vollkornpasta kaufen zu können.

So weit kam ich aber nicht. Ich erspähte die Rostlaube von Auto, die auf der anderen Straßenseite parkte, auf den ersten Blick. Sie war von einem silbrigen Blau und *zu* heruntergekommen, um einem Studenten zu gehören. Eine vage Vorahnung stieg in mir auf, als ich die ruhige Straße überquerte und mich dem Wagen näherte. Durch das Fenster erkannte ich eine große, schwarze Sporttasche auf dem Rücksitz, zusammen mit mehreren Sixpacks Wasser und Bier, einem Tablet-Computer und Essensverpackungen, die ich nicht genauer identifizieren konnte. Auf dem Vordersitz saß niemand – zumindest dem Anschein nach. Aber nach allem, was gestern passiert war, konnte ich das nicht glauben.

Ich blinzelte ein paar Mal, um meine ausgetrockneten Augen zu befeuchten. »*Taispeáin dom gach rud*«, flüsterte ich dann. Es war, als würde sich eine leichte Nebelschwade vor mein Gesicht legen – und mich Dinge sehen lassen, die mir andernfalls verborgen geblieben wären. Wie zum Beispiel die großgewachsene Silhouette, die auf dem zurückgelehnten Vordersitz saß. Sie war von einem kaum merklichen, weißen Schimmer umgeben. Einen Schimmer, den ich auch an mir selbst erkannte – nur, dass er rot war. Genau wie der Rauch, der bei meiner Hexentaufe im Tempel aufgestiegen war. Es schien fast so, als hätten alle Cailleacha eine Art Aura, die sie von den Menschen unterschied.

Ich fixierte Mick und konnte nicht anders, als den Kopf zu schütteln. »*Taispeáin duit féin!*«, zischte ich und löste seinen Unsichtbarkeitszauber.

Da saß er auf seinem Sitz, die Arme vor der Brust verschränkt, die Augen geschlossen, und döste vor sich hin. Rein zufällig vor meinem Haus, nachdem er beim letzten Mal so getan hatte, als würde er in die große, weite Welt hinausziehen, ohne einen Blick zurückzuwerfen.

Der Kerl war einfach unglaublich! Kurzerhand riss ich die Beifahrertür auf.

Mick schreckte hoch. »Co-«, stieß er hervor – und verstummte, als er mich erkannte. Seine Miene verfinsterte sich umso mehr. »Was, bei der dreifaltigen –«

»Lebst du etwa in deinem Auto?«, fragte ich ungläubig, obwohl das bei weitem nicht die einzige Frage war, die sich mir stellte.

Micks Mund klappte zu – und das war mehr als Antwort genug.

Fassungslos schüttelte ich den Kopf. »Du lebst doch nicht *wirklich* in deinem Auto, oder?«

Der Sucher stöhnte. »Was willst du, Nightingale?«

Ich begriff nicht. »Du hast nicht mal abgesperrt!«

Mick verdrehte die Augen. »Wer soll mich schon ausrauben? Könntest du bitte die Tür zumachen?«, fragte er dann. »Es wird kalt.«

Genervt ließ ich mich auf seinen Beifahrersitz fallen und zog die Tür neben mir zu. Nicht, dass die Temperaturen im Wagen auch nur annähernd kuschelig warm gewesen wären. »Warum bist du wieder hier?« *Und was machst du vor meiner Wohnung?*

Widerstrebend holte er Luft. »Ich bin zu dem Schluss gekommen, dass es der effizienteste Weg ist, darauf zu warten, dass Jade zu dir zurückkehrt, um zu beenden, was sie begonnen hat.«

»Der effizienteste Weg«, wiederholte ich unbeeindruckt. »Also bin ich jetzt dein Köder?«

Er hob eine Braue. »Das sind deine Worte.«

Ich zischte abfällig. »Und wie hast du dir das vorgestellt? Dass Gwydion hier aufkreuzt und du ihn in einem Duell Mann gegen Mann schlägst?«

Mick zuckte nicht mit der Wimper. »Wenn es um ihr eigenes Überleben geht, kann man sicher auch auf den Einsatz der Gesegneten Danas hoffen.«

Ein Anflug des Ärgers erfasste mich – das passierte überraschend oft, sobald Mick den Mund aufmachte. »Dein Köder, der dir schlimmstenfalls den Hintern retten soll«, fasste ich zusammen. »Ich sage es dir gerne noch einmal: Ich bin keine Hexe mehr.« Ich wählte ganz bewusst den falschen Begriff, um die Bedeutung meiner Worte zu unterstreichen. »Also kannst du dir deinen grandiosen Plan abschminken.«

»Und was war das vorletzte Nacht?«, fragte er unbeeindruckt.

Meine Schultern sackten herab. »Glück!«, erwiderte ich. »Einfach nur Glück!«

»Du hast sogar Schwarzmagie eingesetzt.« Er starrte durch die Frontscheibe. »Etwas, das dir nie jemand beigebracht hat.«

Ich verschränkte die Arme. »Das kann schon mal passieren!« Ich atmete tief durch. »Ich bin keine Cailleach. Und ich werde nie wieder eine sein.«

Mick stieß ein freudloses Lachen aus. »Das glaubst du also? Dass du dich einfach dazu *entscheiden* kannst, keine mehr zu sein? Tut mir leid, dir das sagen zu müssen«, fuhr er fort, »aber das Dasein als Magier ist eine Einbahnstraße.«

Ich straffte die Schultern. »Ich meine es ernst«, hielt ich dagegen. »Ich spreche kein Wort Irisch mehr!« Das wollte ich mir zumindest weismachen.

»Dann solltest du es schleunigst auffrischen«, brummte Mick.

Ich schüttelte den Kopf. »Ich will doch überhaupt nicht –«

»Entweder das«, unterbrach er mich spitz, »oder du gehst nach Hause.«

»Nach Reading?«, fragte ich verständnislos.

»Wick«, entgegnete er, jeden Buchstaben betonend.

Ich stöhnte. »Geht das wieder los …«

»Wick ist deine Heimat«, zählte Mick auf. »Dort sind deine Schwestern. Deine Familie. Hunderte Cailleacha, die sich um dich sorgen. Du wärst in Sicherheit.«

Meine Lippen bildeten einen schmalen Strich. Ich fühlte mich irgendwie vor den Kopf gestoßen und schwieg.

»Und ich dachte, du wärst der vernünftige Zwilling«, legte er nach. »Im Ernst, Amber: Warum bist du immer noch hier?«

Am liebsten hätte ich Mick am Kragen gepackt und ordentlich durchgeschüttelt. »Ich«, stieß ich hervor. »Gehe. Nicht. Nach. Wick.« Ich holte tief Luft. »Ich habe die Nase voll davon, kapierst du das denn nicht? Ich will nicht beim ersten Anzeichen von Gefahr davonlaufen. Ich will dieses Leben – und kein anderes. Egal, wo. Und was interessiert's dich überhaupt?«, unterbrach ich meinen eigenen Wortschwall. »Ich bin der Köder, oder etwa nicht?« Ich blitzte ihn an.

»Gwydion ist hinter mir her. Also wäre es doch das Beste, zu bleiben und darauf zu warten, dass er oder Jade sich zeigen.«

Mick kniff die Augen zusammen. Obwohl ich ihm damit in die Karten spielte, schien ihm das aus irgendeinem Grund nicht zu gefallen. »Wenn du erwartest, dass ich dich beschützen kann, muss ich dich enttäuschen.«

Ich schnaubte. »Wer sagt denn, dass ich beschützt werden muss? Ich bin neunzehn Jahre alt«, rundete ich großzügig auf, »und ich kann verdammt noch mal auf mich selbst aufpassen!«

Inzwischen sah Mick einfach nur verblüfft aus. Mit gerunzelter Stirn schüttelte er den Kopf. »Okay.«

Ich stockte. »Okay?«, wiederholte ich irritiert.

»Okay.« Er zuckte die Achseln. »Ich meine, ich werde dich nicht auf Knien anflehen, nach Wick zurückzukehren.«

Ich blinzelte. »G-gut.«

Stille breitete sich zwischen uns aus. Ich heftete meinen Blick auf die Straße vor uns, auf der den ganzen Tag über nur wenige Autos unterwegs gewesen waren. In meinem Inneren war eine Unruhe ausgebrochen, die ich zwei Jahre lang im Zaum hatte halten können – aber jetzt drohte sie sämtliche Barrikaden, die ich errichtet hatte, zu sprengen.

Ich musste mit jemandem reden. Und so, wie es aussah, gab es dafür keinen anderen Kandidaten als Mick. »Du hattest recht«, sagte ich leise und schloss die Augen. »Ich habe Angst. Vor mir selbst. Vor dem, was ich bin – oder was ich sein könnte.«

Mick erwiderte nichts. Als wüsste er, dass es noch viel mehr gab, das nur darauf wartete, aus mir herauszusprudeln. »Josie ist in Wick geblieben«, murmelte ich, »weil sie herausfinden wollte, was es mit Danas Segen auf sich hat.

Aber ich wünschte, ich könnte ihn einfach nur loswerden und ein normales Leben leben so wie jeder andere auch.«

»Nun.« Mick lehnte sich zurück. »Ich fürchte, das kannst du nicht. Du am wenigsten von allen.«

»Danke für den Pep-Talk«, brummte ich. Ich öffnete die Augen einfach nur, um demonstrativ den Blick abzuwenden.

Ein paar Sekunden blieb es still. »Hey«, sagte er dann. Dem Geräusch nach drehte er sich auf dem Sitz in meine Richtung, und ich spürte seine Berührung auf meiner Schulter. »Genau deshalb bin ich doch hier.«

Betreten sah ich ihn an. »Weil ich kein normales Leben haben darf?«

»Weil ich dir dabei helfen will, doch noch eines zu bekommen«, entgegnete er. Die Schulter, auf der seine Hand lag, begann zu kribbeln. »Gwydion ist die Wurzel allen Übels. Wenn ich ihn aus dem Weg räume, gibt es vielleicht noch Hoffnung.«

Mein Mund öffnete sich, um ihn daran zu erinnern, dass er seinen Bruder hauptsächlich für sich selbst jagte – um seine Weste reinzuwaschen, wie er erklärt hatte. Aber dann fiel mir etwas ein.

Ohne, dass er etwas sagte, hallte seine Stimme in meinem Kopf wider, und das so klar und deutlich, als hätte er die Worte gerade eben ausgesprochen: *Ich hatte nichts mit ihrem Tod zu tun. Aber ich fühle mich schuldig. Deshalb habe ich ein Auge auf euch gehabt. Weil es eure Eltern meinetwegen nicht mehr tun können.*

Meine Gesichtszüge entgleisten. »Hast du etwa immer noch Schuldgefühle?«

Abrupt zog Mick seine Hand zurück, doch ich schnappte sie mir auf halbem Weg zwischen uns und hielt sie mit meinen fest. Sie war groß wie alles an ihm, und hätte er es gewollt, hätte er sich mir mit Leichtigkeit entziehen können. Aber das tat er nicht. Stattdessen starrte er sie einfach nur an, als könnte er mir nicht einmal mehr in die Augen sehen.

Etwas Gequältes lag in seinem Blick. Etwas, das mir einen Stich in die Brust versetzte. »Sag es mir«, flüsterte ich.

Mick zögerte. »Natürlich habe ich die«, sagte er mit rauer Stimme.

Meine Miene wurde weich. »Das musst du aber nicht.«

»Ich habe sie gefunden …«

»Das war dein Job.«

»… und es Gwydion gemeldet.«

Ich biss mir auf die Unterlippe. »Das war auch dein Job.«

»Dann hat er sie umgebracht.«

Ich drückte seine Hand. »Du konntest nicht wissen, was er vorhat. Also trifft dich keine Schuld«, schloss ich, aber Mick ließ sich nicht besänftigen.

»Nein. Ich hätte es ahnen müssen.« Ein harter Zug hatte sich um seinen Kiefer gebildet. »Hätte seinen Plan früher durchschauen müssen.«

»Du hattest keinen Grund dazu.«

Abrupt riss Mick den Kopf hoch und starrte mich an. »Ich habe sie getötet, Amber!«, sagte er eine Spur zu laut, doch ich zuckte nicht einmal zusammen. Nein – ich war vollkommen ruhig. »Die Cailleacha, die mich –« Er brach ab. »Ich habe sie getötet.«

»Hast du den Abzug gedrückt?«, fragte ich scharf. »Hast du die Kontrolle über einen armen Mann an dich gerissen, der es für dich macht?«

Mick stockte. »Nein, aber –«

»Dann hast du sie nicht getötet.« Ich ließ ihn los und schickte mich an, die Autotür zu öffnen. »Ich muss jetzt einkaufen gehen.« Einen Fuß auf der Straße, hielt ich jedoch inne. Ich drehte den Kopf, um ihn noch einmal anzusehen. »Bist du deshalb zurückgekommen?«, fragte ich zaghaft.

Mick schenkte mir einen langen Blick. »Ich war nie weg.«

Ich konnte nicht leugnen, dass ich mich auf dem Weg zum Supermarkt irgendwie lebendig fühlte. Es war, als wäre mir eine große Last von den Schultern gefallen – obwohl ich gerade hauptsächlich versucht hatte, Mick um seine eigene zu erleichtern. Womöglich tat es mir einfach gut, mit einem Cailleach zu sprechen. Einem, der diese andere Seite von mir verstand, die ich sonst niemandem zeigen konnte. Vielleicht sogar besser als ich.

Ich hatte Angst – daran hatte sich nichts geändert. Aber zum ersten Mal hatte ich das Gefühl, dass ich diese Angst bekämpfen könnte.

Mick hatte mich nicht verlassen. Er war noch hier, und womöglich würde er mir ja dabei helfen. Der bloße Gedanke daran beflügelte mich, sodass ich den Weg zum Supermarkt und zurück quasi schwebend hinter mich brachte.

Als ich in meine Straße zurückkehrte, war es schon dunkel. Doch ich konnte unschwer erkennen, dass Mick immer noch in seinem Auto saß. Er hielt sein Tablet in der Hand, das ihm sanft ins Gesicht strahlte.

Er bemerkte mich erst, als ich mich anschickte, die Beifahrertür zu öffnen – und ich scheiterte. Hatte er extra meinetwegen abgesperrt?

Anstatt die Tür zu entriegeln, lehnte sich Mick in Richtung Beifahrersitz und kurbelte das dazugehörige Fenster herunter. Eine quälend lange Zeit verstrich, in der ich mitten auf der Straße stehenbleiben musste, ehe es ganz unten angekommen war. »Ja, bitte?«, fragte er trocken.

Ich beschloss, einfach nicht nachzufragen, woher sein neues Gespür für Sicherheitsvorkehrungen kam. »Willst du zum Essen reinkommen? Ich koche gleich Pasta.«

Micks Blick zuckte zurück zu seinem Tablet. »Danke, kein Interesse.«

Seine Antwort überraschte mich. Auch wenn er nach dem emotionalen Moment jetzt wieder einen auf cool und unnahbar machen wollte – was hatte er gegen ein warmes Abendessen einzuwenden? »Bist du dir sicher?« Ich musterte ihn, soweit das durch das offene Fenster seines Autos möglich war. »Wann hast du zum letzten Mal was gegessen? Du siehst ziemlich dünn aus.« Noch mehr als sonst.

Mick seufzte lautlos und ließ das Tablet sinken. »Ich glaube, du solltest dir um wichtigere Dinge Gedanken machen als mein Gewicht.«

»Also gut.« Locker stützte ich mich mit einem Arm im Fensterrahmen des Autos ab. »Worüber soll ich mir dann Sorgen machen? Dass du seit zwei Jahren obdachlos bist? Dass du in deinem Auto schläfst – das wahrscheinlich nirgendwo mehr hinfährt? Dass es Dezember und verdammt kalt ist? Dass du mehr Bier auf deinem Rücksitz hast als Wasser?«

Genervt sperrte Mick den Bildschirm seines Tablets, ehe ich einen Blick auf das erhaschte, was er sich angesehen hatte. War bestimmt ein Porno. »Nichts davon!«, erwiderte er. »Es ist alles in bester Ordnung!«

»Wie soll es für mich in Ordnung sein, dass du dir hier draußen den Hintern abfrierst?«

Mick wandte den Blick ab. »Sucher empfangen regelmäßig den Segen der Hohepriesterin der dreifaltigen Göttin«, ratterte er herunter. »Er macht uns robuster. Wir werden widerstandsfähiger, ausdauernder, brauchen weniger Sauerstoff, weniger Nahrung und weniger Schlaf. Also nochmal: Es ist alles in Ordnung.«

Genervt verdrehte ich die Augen. »Kannst du bitte die Tür aufsperren, damit ich mich neben dich setzen kann?«

Mick musterte mich argwöhnisch. »Warum?«

Ich stöhnte. »Weil ich keine Lust habe, durch ein blödes Fenster mit dir zu reden!«

Widerstrebend gehorchte er. »Aber mach's kurz«, sagte er, als ich meine Einkaufstasche umständlich im Fußraum verstaute und die Autotür zuzog.

Ich widerstand dem instinktiven Drang, mich anzuschnallen, und blickte ihn von meiner Seite des Autos aus an. »Dein letzter Segen muss über zwei Jahre her sein. Der ist doch schon längst verblasst.«

Mick winkte ab. »Ein bisschen davon ist noch übrig.«

Der Kerl wollte mich wirklich für blöd verkaufen. »Aber doch nicht —«

»Mehr als genug.« Er schickte sich an, sein Tablet zu entsperren, und obwohl ich mehr als neugierig war, zu sehen, womit er sich die Zeit vertrieb, während er auf der Lauer lag, ließ ich nicht zu, dass er das Gespräch beendete.

»Komm schon!«, drängte ich ihn. »Es ist gratis. Und Kristen ist auch nett.«

Mick sah mich nicht einmal an. »Ich habe keine Lust darauf, mich von zwei Mädchen bekochen zu lassen.«

Ich wusste nicht, wie – aber allein damit brachte mich Mick von null auf hundert. Vielleicht, weil sich etwas zwischen uns verändert hatte. Weil er nicht mehr auf dieselbe Weise wie vor zwei Jahren mit mir sprach. Nicht wie mit einem Mädchen, sondern wie mit einer Frau – und das alles jetzt mit einem Satz in den Dreck zog.

Außerdem: Wer war hier das Mädchen, das sich aus irgendeinem Grund schmollend in seinem Auto verschanzte? Ich schnaubte. »Wie kann man nur so bemitleidenswert und gleichzeitig so ein Arschloch sein?«

Mick riss den Blick zu mir herum. »Bemitleidenswert?«, wiederholte er, als wäre das die größere Beleidigung für ihn gewesen.

Ich hatte so was von genug. Ich war kein Mädchen mehr. Und mit dieser Bemerkung zeigte er mir, dass er mich nicht für voll nahm. Abrupt stieß ich die Tür auf und packte meine Sachen. »Dann verhunger doch!«, murrte ich. »Oder erfriere. Was auch immer schneller geht!«, sagte ich, bevor ich die Tür wieder zuschlug.

Mick rief mir nichts hinterher. Er ließ sich die nächste halbe Stunde auch nicht blicken, obwohl ein Teil von mir gehofft hatte, er würde endlich seinen blöden Stolz über

Bord werfen. Aber er hatte recht gehabt – was ihn betraf, hatte sich in den letzten Jahren rein gar nichts verändert. Er war ein Einzelgänger, und das würde auch immer so bleiben.

Er musste wirklich einsam sein.

Verdammt, Amber! Wie konnte ich im einen Moment wütend auf ihn und im nächsten in Sorge um ihn sein? Das ergab doch alles keinen Sinn mehr. Es ärgerte mich so sehr, dass ich vier Portionen Nudeln kochte, zwei davon in einen Teller häufte und mit Besteck bewaffnet die Wohnung verließ, ohne Kristen zum Essen gerufen zu haben. Zielstrebig stapfte ich in Richtung Auto.

Diesmal sah mich Mick schon kommen. »Ich sagte doch«, stöhnte er, als ich die Tür aufriss, »ich will dein Essen nicht.«

Am liebsten hätte ich den Teller und das Besteck vor ihn geknallt, aber da sein weicher Beifahrersitz die einzige Unterlage weit und breit war, wurde daraus nichts. »Dann lass es vergammeln!«, zischte ich, ehe ich ihn ein weiteres Mal im Auto alleinließ.

Ich war rasend vor Wut. Mein Kopf fühlte sich heißer an als die Nudeln, die ich ein paar Minuten später verschlang. Ich wechselte kein Wort mit Kristen, und sie wusste es besser, als mich zu fragen, was los war. Ich war so sauer, dass ich nach dem Abspülen einfach nichts mehr zustande brachte. Ich konnte nicht mehr lernen, konnte mich nicht konzentrieren und später auch nicht einschlafen. Unzählige quälend lange Stunden vergingen, bevor mir etwas klar wurde.

Mick Ainsworth kotzte mich an. Also war er verdammt noch mal der Schlüssel dazu, dass es mir besser ging.

Ich hatte meinen Pyjama an und zog mich gar nicht erst um. Den hatte Mick neulich sowieso schon gesehen. Stattdessen streifte ich mir meine Jacke über und schlüpfte in ein Paar Stiefel. Als ich nach draußen kam, stand sein Auto an derselben Stelle wie vorhin. Nur Mick war darin nicht zu sehen. Doch ich glaubte keine Sekunde lang, dass er auf einem nächtlichen Spaziergang war.

»Taispeáin duit féin«, sprach ich, als ich auf den Wagen zurauschte. Zu meiner Überraschung schlief Mick nicht, sondern spielte immer noch mit seinem Tablet. Wieder sah er mich kommen, doch diesmal mischte sich Erstaunen in seinen Blick – und vielleicht sogar eine Spur aus Furcht, als er meine düstere Miene sah.

Ohne auf eine Einladung zu warten, riss ich die Tür auf. Ich fühlte mich so stark und wütend, dass ich davon überzeugt war, dass ich sie auch abgeschlossen aus den Angeln hätte reißen können.

Belassen wir es dabei.

»Was ist dein verdammtes Problem?«, fragte ich, ehe ich wie eine Bombe auf seinem Beifahrersitz einschlug.

Mick blinzelte. »Mein … Problem?«, erwiderte er verunsichert. »Ist das eine Fangfrage?«

Mit einem lauten Knall zog ich die Tür zu. Ich wusste genau, woran er dachte. Dass ich schon wieder vergessen hatte, was vor zwei Jahren passiert war. Dass sein Bruder sein größtes und einziges Problem war. Dass er nur hier war, um ihm das Handwerk zu legen. Er glaubte, dass ich darauf hinauswollte. Weil er ein verdammter Sucher war und an nichts anderes denken konnte als an seinen blöden Job!

»Was ist«, stieß ich hervor, »dein Problem *mit mir?*«

Mick starrte mich an, als hätte ich ihm damit jeglichen Wind aus den Segeln genommen. »Was?«

»Warum bist du so?«, legte ich nach. »Warum bist du so gemein?«

Ich schnappte nach Luft. Ich war übermüdet, erschöpft und völlig überfordert von meinem Leben. Ich war in den letzten drei Jahren mehrere Male fast umgebracht worden, wurde jetzt von einer Frau verfolgt, die mit einem Magieräuber unter einer Decke steckte, und für meine Prüfungen konnte ich auch nicht lernen. Ich war einfach nur am Ende, und aus irgendeinem Grund brachte ausgerechnet Mick das Fass zum Überlaufen.

»Was habe ich dir verdammt noch mal getan?« Tränen der Wut brannten in meinen Augen – eine Sorte, die ich noch weniger bekämpfen konnte als die der Verzweiflung, die mich viel regelmäßiger heimsuchten.

Für einen Moment sah Mick so aus, als würde er am liebsten aus dem Auto hechten und so schnell laufen, wie er nur konnte. Doch wie durch ein Wunder blieb er, wo er war. »Du … hast nichts getan«, antwortete er zögerlich.

Das beschwichtigte mich ganz und gar nicht. »Was ist es dann?« Ich konnte das Schluchzen nicht mehr zurückhalten. Wie ein Schluckauf fuhr es durch meinen Körper und brachte meine Schultern zum Beben. »W-warum kannst du nicht einfach« – wieder ging ein Ruck durch mich hindurch – »nett sein?«

Hilflos hob Mick eine Hand in meine Richtung, ohne mich zu berühren. »B-bitte«, sagte er. »Nicht weinen.«

»Wie soll ich denn *nicht* weinen?«, schluchzte ich. »D-du kommst hierher … und stellst einfach alles auf den

Kopf!« Ich wusste nicht einmal selbst, worauf ich damit hinauswollte.

»Amber.« Der gefasste Ton in seiner Stimme brachte mich dazu, mich zumindest für den Moment zusammenzureißen. Was dann kam, warf mich jedoch völlig aus der Bahn: »Es tut mir leid.«

Ich stockte. Eine einzelne Träne zwängte sich aus meinem Augenwinkel und rollte über meine Wange, aber immerhin kam der Rest meines Körpers zur Ruhe.

In der Finsternis, die nur vom matten Licht der nächsten Straßenlaterne durchbrochen wurde, schimmerten Micks Augen wie blaue Diamanten. »Ich wollte nicht, dass du ... dich schlecht fühlst.« Er rang nach Worten. »Ich ... bin es einfach nur nicht gewohnt. Ich meine ...« Er ließ die Schultern hängen. »Ich bin ein Sucher!«, zog er sein Universal-Ass aus dem Ärmel. »Und ich habe schon lange nicht mehr so viel Zeit mit einem anderen Menschen verbracht.«

»So viel?«, fragte ich irritiert und wischte mir übers Gesicht. »Es waren doch erst zwei Tage.«

»Exakt«, antwortete er ungerührt. »Zwei Tage.« Er atmete tief durch. »Es tut mir leid, wenn ... ich dich verletzt habe«, brach es schließlich aus ihm heraus. »Ich will doch nur, dass du in Sicherheit bist.«

Seine Worte beschworen eine Wärme in mir herauf, die ich schon lange nicht mehr gespürt hatte.

»Denkst du, mir gefällt, wie die Dinge gerade laufen?«, fragte er. »Hier zu sitzen und darauf zu warten, dass dich wieder jemand angreift?«

Ich schniefte und war froh, dass er das Innenlicht seines Autos nicht anmachte und meine geröteten Augen sah.

»Glaub mir«, sagte er mit rauer Stimme. »Wenn es einen Zauber gäbe, mit dem ich mich selbst zu Gwydions Zielscheibe machen würde, würde ich ihn sofort anwenden.«

Ehe ich mich versah, drückten sich neue Tränen aus meinen Augenwinkeln und rannen über meine Wangen. Aber auf einmal war das vollkommen okay für mich. Sie stammten von der Mischung meiner Verzweiflung, dass ich in Gefahr war, und der Erleichterung, dass ich ihr nicht allein entgegentreten müsste. »Danke«, flüsterte ich mit zitternder Stimme.

Ich konnte seine Verwirrung förmlich spüren. »Wofür?«

Ich schloss die Augen. »Einfach nur, dass du da bist.«

Ein paar Sekunden lang sagte er nichts. »Ich könnte jetzt sagen«, hob er langsam an, »dass ich nur meinen Job mache, aber ich werde das Gefühl nicht los, dass du mich dann schlagen würdest.«

Ich straffte die Schultern. »Stimmt genau.« Mein Blick fiel auf das Armaturenbrett – genauer gesagt auf den Teller, den Mick achtlos darauf abgestellt hatte. Mein Herz machte einen Freudensprung. »Du hast ja aufgegessen«, stellte ich fest.

»Wäre sonst schade drum gewesen«, wehrte er in Mick-Manier ab.

»Und?«, fragte ich gedehnt. »Haben dir die Kochkünste des kleinen Mädchens etwa doch zugesagt?«

»Es war nicht *ganz* furchtbar.«

»Was du nicht sagst.« Ich grinste. »Du hast den Teller ausgeleckt!«

Genervt wandte er den Blick ab. »Habe ich nicht.« Er schnaubte. »Ich bin doch keine Katze.«

Provokativ lehnte ich mich näher in seine Richtung. »Aber ich wette, du hast beim Essen geschnurrt wie eine.«

Mick seufzte. »Es ist spät. Hast du morgen keine Vorlesungen oder so?«

Ich reckte das Kinn. »Ein guter Stalker wüsste meinen Stundenplan längst auswendig.«

Er drehte den Kopf und funkelte mich fast schon triumphal an. »Ich weiß, dass du morgen um acht eine Veranstaltung hast. Aber ich weiß auch, dass du die in den letzten Wochen geschwänzt hast.«

Mein Herz setzte einen Schlag aus. »Nicht dein Ernst!«

»Du hast mich herausgefordert«, erwiderte er schroff. »Da hast du's.«

»Einen Augenblick.« Ich zog die Brauen zusammen. »Wenn du mich schon seit Wochen beobachtet hast, warum hast du dich mir erst vorgestern gezeigt?«

Mick ließ sich in seinen Sitz zurücksinken. »Vielleicht weil ich diesen ermüdenden Diskussionen mit dir entgehen wollte.«

Ich verschränkte die Arme. »Du wirst schon wieder gemein!«

»Diesmal werde ich mich nicht dafür entschuldigen.«

Obwohl ich es versuchte, konnte ich nicht im Traum wütend auf ihn werden. All mein Ärger war verpufft, und das vielleicht sogar endgültig.

Eine ganze Weile saßen wir einfach nur nebeneinander und starrten in die Nacht hinaus. »Ich habe nachgedacht«, sagte ich irgendwann. »Womöglich … wäre es doch besser, wenn ich nach Wick zurückkehren würde. Um dem Tribunal Bescheid zu sagen.« Und Josie wiederzusehen. »Am

Donnerstag beginnen die Weihnachtsferien, dann könnte ich –«

»Vergiss es.«

Ich stutzte und sah ihn an. »Was?«

»Ich habe auch nachgedacht«, schob Mick hinterher. »Und ich glaube nicht, dass dich Jade bis zum Portal kommen lassen würde.«

Ich zögerte. »Aber … ist das nicht genau das, was wir wollen? Dass sie sich wieder blicken lässt?«

»Natürlich«, lenkte er ein. »Aber nicht so. Nicht, wenn sie das Überraschungsmoment auf ihrer Seite hat. Wir müssen ihr eine Falle stellen, nicht andersherum.«

Ratlos sah ich ihn an. »Und wie sollen wir das anstellen?«

Mick hielt richtete seinen Blick auf die Straße gerichtet. »Ich lasse mir was einfallen.«

Ich knetete meine Hände. »Aber unterm Strich bedeutet das, … dass ich keine Hilfe holen kann?«, fragte ich. »Weil mich Jade abfangen würde, bevor ich zum Portal gelange?«

»Richtig.«

»Und es gibt keine andere Möglichkeit, mit Adria Kontakt aufzunehmen?«, bohrte ich nach.

Mick legte die Stirn in Falten. »Vielleicht gäbe es eine«, sagte er langsam.

Ich wurde hellhörig. »Und die wäre?«

»Ich habe es selbst noch nie gemacht«, antwortete er, »aber mit den richtigen Mitteln und dem richtigen Ritual … könnte man vielleicht eine Art temporäres Portal erschaffen. Und mit *man* meine ich keinen Durchschnitts-Cailleach.«

»Du meinst … einfach so?« Ich legte den Kopf schief. »In meinem Schlafzimmer?«

Mick zuckte die Achseln. »An deiner Wand. Unter deinem Bett. In deinem Kleiderschrank –«

»Wie bei Narnia?«, fragte ich entzückt, bis mir auffiel, dass meine Vergleiche sowieso nie jemand verstand.

»Genau wie bei Narnia.«

Ich blinzelte. Hatte Mick das gerade wirklich gesagt?

Meine Welt hörte auf, sich zu drehen. Ich war völlig baff – bis mir wieder einfiel, dass die Reihe zumindest zum Teil verfilmt worden war. Und so oft, wie er in dieser Welt abhing und darauf wartete, dass was passierte, hatte er bestimmt schon davon gehört. »Du solltest unbedingt die Bücher lesen«, sagte ich halbherzig.

»Habe ich«, entgegnete er und hielt das Tablet hoch – das sich erst in diesem Moment als E-Reader entpuppte. »Alle sieben.«

Mir blieb die Spucke weg. Ich konnte meine Kinnlade einfach nicht mehr hochklappen. Ich schluckte merklich. »Willst du mich verarschen?«

Micks Miene verfinsterte sich. »Ist es verboten, dass Cailleacha Trivialliteratur lesen?«

»Nein!«, sagte ich hastig. »Es ist nur so …« Ich musterte ihn und konnte meine Gefühle kaum in Worte fassen. »Ich hätte dich eher … für einen Thriller-Typen gehalten.« Wenn überhaupt.

»Ich bevorzuge Magie in meinen Büchern«, erwiderte er und starrte den E-Reader gedankenverloren an. »Ich schätze, man liest am liebsten von Dingen, die nicht weiter von einem entfernt sein könnten«, fügte er mit bitterem Unterton hinzu.

Ich kümmerte mich nicht um sein Selbstmitleid. »Zeig her!« Ich riss ihm den E-Reader förmlich aus der Hand und öffnete seine Bibliothek. Vor mir erstreckte sich ein Meer aus kunterbunten Buchcovern, die mein Herz höherschlagen ließen. »So viele Bücher …« Es war alles da, was ich je gelesen hatte – und mehr. »Wie ist das möglich?«

»Ich hatte ein paar Jahre mehr Zeit als du, welche zu lesen«, sagte er trocken. Ich stellte mir vor, wie er die letzten zehn Jahre in seinem Auto verbracht und darauf gewartet hatte, dass sich seine Zielpersonen zeigten – den E-Reader als treuen Begleiter immer an seiner Seite.

Ich kam aus dem Staunen nicht mehr raus. Fasziniert wischte ich durch seine Bibliothek, die einfach kein Ende nahm. So viele Titel, die ich schon gelesen oder mir vorgemerkt hatte und deren bloßer Anblick mich dahinschmelzen ließ. »Ich …« Mir fehlten die Worte. »Ich studiere Englisch, weil ich Bücher liebe. Aber für unsere Module müssen wir hauptsächlich uralte Literatur lesen, und … und meine Kommilitonen haben keine Zeit, um sich mit irgendetwas anderem zu beschäftigen«, sprudelte es dann plötzlich aus mir heraus. »Ich hab niemanden, mit dem ich mich darüber unterhalten kann. Ich meine, alle haben Game of Thrones im Fernsehen gesehen«, presste ich hervor, als ich die entsprechenden Bände auf Micks E-Reader entdeckte, »aber keiner davon hat auch nur ein Buch gelesen, und dabei würde ich so gerne über den vierten Teil reden und –« Ich bemerkte, dass ich wie ein Wasserfall zu plappern begonnen hatte, als mich Micks strahlend blauer Blick in die Realität zurückriss.

Als ich aufsah, war ich ihm schutzlos ausgeliefert. Während er mir völlig geduldig zugehört hatte, hatte er seine Lippen irgendwann zu einem Lächeln verzogen.

Da war es wieder – das Kribbeln von vorhin. Und das, obwohl er mich nicht berührte.

»W-was ist?«, krächzte ich nervös.

»Nichts«, sagte er noch immer lächelnd. »Red weiter. Was ist mit der *Saat des Goldenen Löwen?*«

Die Härchen auf meinen Armen stellten sich zu einer wohligen Gänsehaut auf. Mick hatte keine Ahnung, was diese Worte mit mir anrichteten. Sie hoben mein wie wild schlagendes Herz in eine andere Atmosphäre, die voller flauschiger Wölkchen und Regenbogen war. Sogar ein Pegasus, wie Kristen ihn in Micks Illusion gesehen hatte, flog dort vorbei.

In diesem Augenblick war ich einfach nur glücklich.

Ich erwiderte sein Lächeln. »Ich will nicht sagen, dass ich es nicht mochte«, hob ich an. »Es ist nur so, dass Brans Storyline –« Ich stockte, als sich Micks Blick auf etwas hinter mir heftete – und sich seine Augen weiteten.

Zeitgleich nahm ich die beiden Schatten wahr, die sich dem Auto von der anderen Straßenseite näherten. Die sich *uns* näherten.

Ich riss den Kopf herum – und erkannte, dass wir umzingelt waren.

»Ach, verdammt«, stöhnte Mick. »Das könnte jetzt ungemütlich werden.«

4.

STÄRKE

»Wer sind die?« Meine Stimme wurde zwei Oktaven höher. »Was wollen sie von uns?«

»Sucher«, sagte Mick trocken. »Ich hätte mir ein anderes Auto besorgen sollen.«

Mein Herz machte einen Satz. »Aber das ist doch gut!« Meine Stimme klang etwas zu dünn für meinen Geschmack. »Das ist spitze!« Unterstützung aus Wick war das Letzte, womit ich gerechnet hatte – und einfach alles, was wir brauchten. Kurzerhand riss ich die Autotür auf.

»Nicht!«, warnte er mich, doch ich hatte bereits einen Fuß nach draußen gesetzt.

Einer der Männer bot mir seine Hand an, die ich nahm – um mit einem Ruck aus dem Auto gezogen zu werden. Ich verlor das Gleichgewicht und stolperte zwei, drei Schritte vom Wagen weg, ehe ich mich wieder fing.

»Hey!«, keifte ich und fuhr herum. »Was soll das?«

Weder er noch die vier anderen würdigten mich auch nur eines Blickes. »Mick Ainsworth. Komm mit uns.«

Ich sah, wie Mick im Auto abwehrend die Hände hob. »Ist ja gut. Gebt mir Luft zum Atmen.«

Widerstrebend machten die Sucher einen Schritt rückwärts. Sie alle trugen schlichte, unauffällige Kleidung – allerdings nicht unauffällig genug, um schon wieder verdächtig zu werden.

»Keine dummen Tricks«, zischte eine Frau. Ihre Mienen waren noch finsterer als die Nacht um uns herum – nicht zuletzt wegen der Schatten, die das Licht der Straßenlaternen in ihren Gesichtern hinterließ.

Ich begriff nicht. »Was soll das?«, fragte ich so laut, dass mich niemand überhören könnte. »Ich dachte, ihr seid hinter Gwydion her.«

Sie blickte mich von der Seite an. »Der steht auch auf unserer Liste.« Ihre Augen verengten sich. »Und du solltest aufpassen, dass du nicht gleich darauf landest.«

In diesem Augenblick begriff ich. Nur weil *ich* wusste, dass Mick unschuldig war, galt das noch lange nicht für den Rest von Wick. Er war gleichzeitig mit seinem Bruder geflohen – und alle Cailleacha dachten, dass sie unter einer Decke steckten.

»H-halt!«, rief ich und zwängte mich in dem Moment durch den Kreis aus Männern und Frauen hindurch, in dem Mick aus dem Auto stieg. »Ihr versteht das ganz falsch!«

Die Cailleacha wechselten einen Blick. »*Dofheicthe*«, sagten sie gleichzeitig – doch nichts passierte. Zumindest dem Anschein nach.

»Was?«, zischte ich und kam neben Mick zum Stehen. »Was bedeutet das?«

»Sie haben uns für Menschenaugen verschwinden lassen«, erklärte er gelangweilt. »Um keine weitere Aufmerksamkeit zu erregen.«

Fasziniert starrte ich auf meine Hände. Ich war unsichtbar?

»Ainsworth«, bellte einer. »Deine Verurteilung wartet.«

Mick schickte sich an, an mir vorbeizugehen.

Ich erschrak. »Nichts da!« Ich streckte einen Arm aus und schnitt ihm damit den Weg ab. »Es gibt keinen Grund, ihn für irgendetwas zu verurteilen.« Heftig schüttelte ich den Kopf. »Er hat nichts getan!«

»Das hat das Tribunal zu entscheiden, Mädchen«, blaffte mich ein bulliger Kerl an.

Meine Brauen schossen in die Höhe. »*Mädchen?*« Nicht schon wieder.

Ärger quoll in mir hoch. Ich hasste es, wenn ich unterschätzt wurde. Hier in dieser Welt geschah mir das die ganze Zeit. Aber jetzt blickten auch noch irgendwelche wildfremden Cailleacha auf mich herab.

»Okay, hört mir mal zu.« Ich hob die Hände. Warum hatte ich immer meinen Schlafanzug an, wenn so etwas geschah? »Ich bin Amber Nightingale«, sagte ich mit fester Stimme.

Jedes Mal, wenn Josie in eine brenzlige Situation geraten war, hatte sie zuallererst ihren Namen gesagt – und damit irgendwie Eindruck geschunden. Jetzt aber regte sich in den Mienen der Sucher rein gar nichts. »Gesegnete der dreifaltigen Göttin Dana«, schob ich hinterher.

»Spar dir den Atem«, brummte Mick. »Die haben keinen Plan.«

»Was?«, fragte ich verdutzt.

»Die bekommen nur Ziele. Keine Backstorys.«

Ich ließ den Blick durch die Runde schweifen und stieß auf nichts als düstere, teilnahmslose Gesichter. Plötzlich fiel es mir wie Schuppen von den Augen. Die Sucher hatten keine Ahnung, wer ich war. Weil sie mich noch nie gesehen hatten – weil sie schließlich genau wie Mick ständig unterwegs waren. In der kurzen Zeit, die ich in Wick verbracht hatte, hatte mich niemand von ihnen erblickt. Selbst wenn sie schon einmal von mir gehört hatten, gab es keinen Grund für sie zu glauben, dass ich eine der gesegneten Zwillinge war – vor allem jetzt, da meine bessere Hälfte weit und breit nicht zu sehen war.

Ich konnte die Nightingale-Karte nicht ziehen. Ich musste mir schleunigst etwas anderes einfallen lassen. »Ariadne«, flüsterte ich.

Sofort versteiften sich die Cailleacha. »Was hast du gerade gesagt?«, zischte eine Frau.

Taispeáin dom gach rud lag mir auf der Zungenspitze, aber ich bekam das ungute Gefühl, dass sich die Hexer bei einer falschen Silbe mit Gebrüll auf mich stürzen würden. Zum Glück war ich nicht darauf angewiesen, Zauber auszusprechen, die ich wirken wollte.

Sofort schob sich der allessehende Schleier vor meine Augen. Ich konzentrierte mich auf die Cailleacha um mich herum und sah, welche Art von Energie von ihnen ausging. Schwarze und weiße Auren wechselten sich ab.

Ich spürte eine Berührung an meiner Schulter. »Amber –«, hob Mick an, aber ich ließ ihn nicht durch.

Innerlich zählte ich die Fakten auf.

Erstens: Das hier waren fünf Sucher.

Zweitens: Zwei von ihnen waren Schwarz- und drei Weißmagier. Zwei von ihnen Frauen und drei Männer. Alle von ihnen maximal *Cumasacha*.

Drittens: Keiner von ihnen hatte eine Ahnung, wer ich war.

Viertens: Niemand interessierte sich dafür, wer ich war.

Fünftens: Sie waren hinter Mick her.

Sechstens: Sie würden nicht davor zurückschrecken, Gewalt anzuwenden.

Siebtens: Wir hatten absolut keine Chan-

Fakten, Amber, Fakten!, herrschte ich mich an, ehe die Panik die Kontrolle über meine Gedanken bekommen konnte.

Siebtens: Ich konnte kaum Irisch und erinnerte mich an so gut wie keine Zauber mehr – aber das bedeutete nicht, dass ich sie nicht wirken konnte.

»Amber«, sagte Mick wieder. »Es ist in Ordnung.« Die Hand auf meiner Schulter, schob er sich nachdrücklich an mir vorbei.

Mein Herz sackte eine Etage tiefer. »Nein!«, hob ich mit schwacher Stimme an. Er konnte sich ihnen doch nicht einfach so ausliefern! Nicht jetzt, wo wir eine heiße Spur hatten! Wo Gwydion nur noch einen Katzensprung entfernt sein könnte! Wo sein Lakai es auf mich abgesehen hatte.

Ich konnte Mick nicht gehen lassen. Ich brauchte ihn …

Aber ich hatte absolut keine Ahnung.

Mick machte einen langen Schritt in Richtung der Cailleacha. »Lazarus«, sagte er dann locker. »*Féach cad a fheicim.*«

Im nächsten Moment schrien alle fünf Männer und Frauen auf. Sie rissen die Arme hoch und griffen sich an die

Köpfe, fast so, als hörten sie einen ohrenbetäubenden Laut, der nicht an meine Ohren drang.

Mick fuhr herum – und warf sich mit einem Brüllen auf einen der Männer.

Hilflos sah ich von ihm zu den anderen. Diese sackten mit schmerzerfüllten Gesichtern auf die Knie. Die Bahn war frei – nur wofür? Wir konnten nicht weglaufen. Schließlich *wohnte* ich hier! Aber wir konnten sie doch auch nicht –

Mick rollte sich von seinem Kontrahenten herunter und sprang auf die Füße. Er sah so aus, als wollte er die Beine in die Hand nehmen, doch er kam nicht dazu.

»*Teip!*«, knurrte jemand, und mein Herz verkrampfte sich in meiner Brust. Binnen eines Sekundenbruchteils war der Spuk vorbei.

Zeitgleich sprangen die Cailleacha auf. Sie rissen die Münder auf, aus jedem von ihnen kam ein anderer Zauber – dann brach eine Urgewalt aus Energie auf Mick herein.

»Cosaint!«, riefen Mick und ich gleichzeitig – und die Wucht ihres Angriffs verpuffte, ehe sie ihm schaden konnte.

Meine Knie wurden weich.

»Sie!«, zischte eine weibliche Stimme hinter mir. »Es ist das Mädchen!«

Im nächsten Moment wurde ich grob von hinten gepackt. Ich schrie vor Schreck auf, als ich an der Schulter herumgedreht wurde. »Fág!«, kreischte ich, ohne nachzudenken. Der Griff verschwand, als die Frau von den Füßen gerissen wurde. Sie prallte in mehreren Metern Entfernung gegen ein Auto und löste dessen Alarmanlage aus, bevor sie mit einem Ächzen zu Boden ging – dann passierte nichts mehr.

Sechs Paar Augen starrten mich an, fünf davon völlig fassungslos. »Weiß- *und* Schwarzmagie?«, fragte einer der Männer mit rauer Kehle, während sich die Sucherin fluchend aufrichtete.

Ich atmete schwer. »Wie oft noch?«, keuchte ich. »Dana hat mich verdammt noch mal gesegnet!«

Man wechselte irritierte Blicke. »Was macht eine Gesegnete Danas in der sterbenden Welt?«, fragte eine Frau argwöhnisch. »Gemeinsam mit einem Verbrecher?«

»Er ist kein Verbrecher!«, gab ich gereizt zurück. Zumindest soweit ich wusste. »Er hat mit der Sache vor zwei Jahren nichts zu tun.« Ich schluckte. »Das Tribunal hat zwei Unschuldige eingesperrt, nur weil sie den wahren Verräter nicht in die Finger bekommen haben. Lasst nicht zu, dass dasselbe noch mal passiert.« Ich sah jedem Einzelnen von ihnen in die Augen. »Lasst ihn in Ruhe. Bitte.«

»So leid es uns auch tut«, sagte eine Stimme neben mir und klang dabei haargenau wie Mick. »Aber es ist unser Job.«

»Und den müssen wir erledigen.« Allmählich nervte es mich tierisch, dass sie sich beim Reden abwechselten, als wären sie ein einziger verdammter Organismus.

»Komme, was wolle.«

Ein unbeschreiblicher Ärger begann in mir zu brodeln. »Ist das euer letztes Wort?«, fragte ich tonlos. Ich ließ die beiden Cailleacha, die Mick am nächsten standen, nicht aus den Augen. Dieser wusste es besser, als auch nur eine falsche Bewegung zu machen.

»Das allerletzte.« Ich sah mich nicht nach demjenigen um, der mir die Antwort gab. Aus dem Augenwinkel erblickte ich einen Mann, einen normalen Menschen, der in Richtung seines Autos joggte, um die Alarmanlage auszuschalten. Er hatte keine Ahnung, was in wenigen Schritten Entfernung vor sich ging.

Ich hatte keine Angst. Weder vor den Cailleacha noch vor mir selbst. Oder dem, was ich tun würde, um Mick zu beschützen.

Das waren die neuen Fakten:

Erstens: Die Sucher würden Mick mitnehmen, weil das ihr Auftrag war.

Zweitens: Was, wenn sie sich nicht mehr an ihren Auftrag erinnerten?

Drittens: Ich konnte dafür sorgen, dass sie es nicht mehr taten.

Ein Lächeln stahl sich auf meine Lippen. *Déan dearmad ar an olc*, dachte ich – und streckte meinen Geist in Richtung aller fünf Sucher gleichzeitig aus.

Sie besaßen einen unterschiedlich starken magischen Schutz. Einzeln wäre es kein Problem gewesen, ihn zu durchbrechen – so aber musste ich meine ganze Kraft zusammennehmen, um in all ihre Gedächtnisse einzudringen.

Ich nahm meine Umgebung nicht mehr wahr. Da waren nur noch Erinnerungen – unzählige Erinnerungen, die alle auf einmal auf mich einströmten. Zuerst drohten sie mich mit der Wucht eines tosenden Wasserfalls fortzuspülen. Es kostete mich die letzte Selbstbeherrschung, die ich noch hatte, um die Kontrolle an mich zu reißen.

Ich hatte keine Ahnung, wie Magie funktionierte. Ich hatte Zauber benutzt, ja – aber das System dahinter hatte ich nie verstanden. In diesem Moment realisierte ich, dass ich das auch gar nicht musste. Ich konnte sie so formen, wie ich wollte.

Ich stellte mir die Gedächtnisse der Cailleacha als riesengroße Textdateien vor. Mit Steuerung + F startete ich die Suche. Dort gab ich *Mick Ainsworth* ein und benutzte einen Filter, um die Ergebnisse der letzten zweieinhalb Jahre angezeigt zu bekommen. Ich markierte alle Textstellen, in denen sie zu finden waren – und löschte sie mit ENTF.

Ich riss mich selbst aus dem Geist der Cailleacha, ehe ich auch nur einen Buchstaben zu viel aus ihren Gedächtnissen ausradieren konnte – und landete so abrupt in der Realität, dass mir schwindelig wurde. Ich stützte mich an Micks Rostlaube ab, die bei meinem Glück auch gut zu Staub hätte zerfallen können. Mein Herz schlug mir bis zum Hals, und so sehr ich nach Luft schnappte, drang einfach nicht genug davon in meine Lunge.

Immerhin machten die Cailleacha keine Anstalten, uns anzugreifen oder Mick mitzunehmen. Stattdessen starrten sie einander einfach nur verwirrt an.

»Was genau machen wir hier nochmal?«, fragte eine Frau an einen der Schwarzmagier gewandt.

»Ich, ähm …« Ratlos sah er sich um. »Mick?«

Der beste Sucher von Wick hatte sofort kapiert, was vor sich ging. »Die Unterredung ist beendet«, sagte er schroff. »Macht euch wieder an die Arbeit und nervt mich nicht länger.«

Die fünf Cailleacha wirkten einfach nur noch ratlos. »Geht klar.« Mit einem gemeinschaftlichen *Tóg mé ar shiúl* waren sie verschwunden.

So plötzlich, als hätte jemand *codladh* gesagt, befiel mich eine schwere Müdigkeit, die mich regelrecht zu Boden drückte. Ich schaffte es irgendwie, nicht wie ein nasser Sack hinzufallen. Stattdessen ging ich langsam auf die Knie, ehe ich mich einfach an Ort und Stelle hinlegte. Ich blinzelte noch ein, zwei träge Male, bevor mich die Schwärze umhüllte.

Jemand rüttelte an meiner Schulter.

»Hm?«, fragte ich benommen.

»Du hast einen Kickback«, drang Micks Stimme aus weiter Ferne an meine Ohren. »Aber das ist kein Grund, auf der Straße zu schlafen.«

Ich schenkte ihm ein teilnahmsloses »Mhm«, bevor ich wieder einnickte.

Jemand schüttelte mich durch wie ein Erdbeben.

»O Mann!«, maulte ich und zwang meine Augen auf.

Ich konnte Micks Gesicht irgendwo über mir erkennen. »Das hättest du nicht tun sollen«, hallte seine Stimme in meinem Kopf wider.

In einem lichten Moment erinnerte ich mich daran, was gerade passiert war. »Sie wollten dich mitnehmen«, nuschelte ich.

»Und wenn schon!« Er kniete sich neben mich. »Das wäre nicht dein Problem gewesen.«

Ein träges Lächeln umspielte meine Lippen. »Aber wer hätte mich dann beschützt?«, fragte ich benommen, wohl wissend, dass ich das im vollen Wachzustand nie gesagt hätte.

Mick verzog keine Miene. »Du hast dir gerade selbst bewiesen, dass du niemanden brauchst, der dich beschützt.«

Plötzlich spürte ich einen starken Griff an meinem Rücken und meinen Beinen, dann verlor ich den Boden unter mir. »Was machst du denn?« Alles, was ich zustande brachte, war ein Murmeln.

»Du brauchst Ruhe«, erwiderte Mick und trug mich in Richtung meiner Wohnung. Ich hatte nicht die Kraft, um noch etwas zu sagen, also beobachtete ich ihn dabei, wie er eine Treppe hinaufstieg und gemeinsam mit mir durch mehrere Türen trat, ohne sie auch nur zu öffnen – wir liefen einfach durch sie hindurch. Zumindest glaubte ich das in meinem geistig umnachteten Zustand mitzubekommen. Unwillkürlich ärgerte ich mich über das eine Mal, als ich meinen Schlüssel in der Wohnung vergessen hatte und den Schlüsseldienst gerufen hatte. Warum hatte mir das niemand vorher gesagt?

Kurz darauf legte mich Mick sanft auf meinem Bett ab. Dann verschwand seine Präsenz neben mir, und ich hörte, wie sich meine Zimmertür schloss. Ich drehte den Kopf und sah, wie er sichtlich unschlüssig in der Mitte des Raums stand und mich anstarrte. »Muss ich dir jetzt auch noch beim Ausziehen helfen?«, fragte er ungläubig.

»Schon okay«, murmelte ich und rollte mich in voller Montur auf die Seite. »Es ist total bequem so …«

Mick seufzte lautlos. Er trat an mein Bett und zog mir meine Stiefel von den Füßen. Eine Spur zu grob zerrte er meinen Oberkörper hoch und streifte mir in dem schwindeligen Moment, in dem ich aufrecht saß, die Jacke von den Schultern. Abgesehen davon trug ich nur noch meinen Schlafanzug, in dem ich zurück in mein Kissen fiel.

Benommen blinzelte ich zu ihm hinauf. »Willst du dich nicht zu mir legen?«, fragte ich und wollte zur Seite rücken, aber mein Körper gehorchte mir nicht.

Für einen Augenblick wirkte Mick ehrlich aus dem Konzept gebracht. »Du … Du weißt, wo du mich findest«, drang seine Stimme durch die Dunkelheit, die Besitz von mir zu ergreifen drohte.

Mit einem Schlag wurde ich wacher. »Warte.« Ich holte tief Luft, weil ich auf einmal viel zu wenig davon in meiner Lunge hatte. »Bitte, bleib.«

Mick drehte sich um. »Um was zu tun?«

»Erzähl mir von meinen Eltern«, sagte mein Mund wie von selbst und bat ihn um etwas, das mir schon seit Jahren auf der Seele lag.

Er runzelte die Stirn. »Solltest *du* sie nicht am besten kennen?«

Träge winkte ich ihn zu mir. »Als du sie gefunden hast. Bevor sie gestorben sind. Erzähl mir davon.«

Mick zögerte. »Ich bin mir nicht sicher, ob du etwas darüber wissen willst.«

»Ich schon.«

Ich konnte ihm förmlich ansehen, wie er seinen inneren Widerstand bekämpfte. Dann zog er den Stuhl von meinem Schreibtisch an mein Bett heran und setzte sich darauf. Ein paar Sekunden lang schwieg er. Schließlich streckte er mir eine Hand hin. »Warum siehst du es dir nicht selbst an?«

Ich wusste sofort, worauf er hinauswollte. »Ich habe einen Kickback.«

»Der wird sich nicht verschlimmern«, versprach er. »Nicht, wenn ich dich freiwillig in meinen Kopf lasse.«

Ich lächelte. »Nett von dir.«

»Bringen wir's hinter uns.« Er ergriff meine Hand, und ich hielt sie ganz fest, während er mir tief in die Augen sah. »*Féach cad a fheicim*«, flüsterte er.

Der Schleier, der sich bei vielen Zaubern vor meinen Blick schob, wurde so dicht, dass ich mehrere Sekunden lang überhaupt nichts erkennen konnte. Dann jedoch lichtete er sich und eröffnete mir Erinnerungen, die nicht meine waren.

Richard und Bernadette Nightingale betraten den Raum ein paar Minuten nach mir und schlossen die Tür sorgfältig hinter sich ab. Wir befanden uns im Krankenhaus, in einem Zimmer mit einem einzelnen leerstehenden Krankenbett. Hier wären wir ungestört.

Ich hatte mich an die gegenüberliegende Wand gelehnt, von wo aus ich den ganzen Raum im Blick hatte, und fixierte Richards vertrautes Gesicht. Er war großgewachsen, mit kurzem, braunen Haar und Vollbart. Das Alter hatte ihn deutlich mehr mitgenommen als Bernadette. »Wisst ihr, wer ich bin?«, fragte ich ruhig. Mit der Tür ins Haus zu fallen, hatte bisher öfter Schaden angerichtet, als dass es geholfen hatte.

Richard und Bernadette wechselten einen Blick. »Mick«, sagte sie dann. »Ainsworth.«

Ich verzog keine Miene. Ich war nicht hier, um mich von ihnen einlullen zu lassen. »Und weiter?«

Richard machte einen Schritt nach vorne. »Sieht so aus, als wärst du zum Sucher geworden«, sagte er trocken. »Der erste, der uns gefunden hat.«

Ich ignorierte die vermeintlichen Lorbeeren, die Richard mir zuwarf. »Und was bedeutet das?«

Ihre Mienen verfinsterten sich. Sie hatten es längst verstanden.

Jetzt war es Bernadette, die hilflos auf mich zukam. »Bitte«, beschwor sie mich. »Die andere Seite ist kein sicherer Ort.«

Das Argument hatte ich schon tausende Male gehört. »Wick«, ratterte ich meinen üblichen Text herunter, »befindet sich in der längsten Friedensphase seit seiner Entstehung.«

»Es geht hier aber nicht um uns!«, beharrte sie. »Sondern um unsere Töchter. Unsere jüngsten.«

Mein Mund klappte zu. Vor zwei Monaten hatte ich nicht ahnen können, dass es nicht nur eine neue Nightingale-Tochter gab, sondern gleich zwei. Das machte die Sache einfacher und komplizierter zugleich. »Josephine und Amber«, eröffnete ich ihnen, dass ich inzwischen sehr gut über sie Bescheid wusste. Ich fragte mich, ob beide von Dana gesegnet worden waren, auch wenn es für die Konsequenzen keine Rolle spielte. »Zweieiige Zwillinge. Ein Altersunterschied von zwanzig Minuten. Aber äußerlich ein Unterschied wie Tag und Nacht.«

Bernadettes Augen weiteten sich.

»Findet ihr nicht, dass sie ein Anrecht darauf haben, zu erfahren, wo sie herkommen?«, spielte ich mein Ass aus. »Welche Kräfte in ihnen wohnen?« Selbst wenn nur eine von ihnen gesegnet war, war die andere immer noch eine Roghnaithe. Und das war eindeutig zu viel Macht, um sie ihnen vorzuenthalten.

Richard schüttelte in einer knappen Bewegung den Kopf. »Nicht, wenn ihr Leben davon abhängt!«

Ich schnaubte. »Das klingt so, als würdet ihr glauben, ihr hättet eine Wahl.«

Richard verengte die Augen. »Pass auf, wie du mit uns sprichst«, grollte er. »Du bekommst sie nicht, verstanden? Nur über unsere Leichen.«

Ich atmete tief durch. Ich hatte wirklich gehofft, sie würden es sich selbst leichter machen. Denn fest stand: Die beiden konnten tun und lassen, was sie wollten. Aber es ging hier um die Zwillinge. »Sie besuchen die Schule in Reading«, fuhr ich fort. »In ein paar Monaten feiern sie ihren Abschluss. Jeden Tag nach der Schule treffen sie sich mit ihren Freundinnen – und einem Kerl namens Joey.« Oder Joey10475960, wie er sich in den sozialen Medien nannte. »Amber hat drei Jahre Volleyball gespielt, Josephine sich vor zwei Wochen mit einem Klassenkameraden geprügelt. Wegen eines« – ich runzelte die Stirn – »Kaugummipapiers.« Das waren Details, die mir normalerweise entgingen, aber in diesem Fall hatte es die Meldung sogar in die Tageszeitung von Reading geschafft. Die Presse war auch nicht mehr das, was sie mal war. »Soll ich fortfahren?« Ich machte einen langen Schritt in ihre Richtung. »Ich weiß alles über sie. Ich weiß alles über euch. Glaubt ihr wirklich, ihr könntet sie vor mir verstecken? Sie beschützen?«

»Wir haben es sechzehn Jahre lang getan«, erwiderte Bernadette. »Und das werden wir weiterhin.« Ein harter Zug hatte sich um ihre Mundwinkel gebildet. »Bis zum bitteren Ende, wenn es sein muss.«

Sie drohte beinahe, etwas in mir auszulösen, das ich in meinem Job nicht gebrauchen konnte. Ich musste mich zusammenreißen, um nicht zu lächeln. Ich konnte nicht leugnen, dass ich schon immer großen Respekt vor ihr gehabt hatte.

Bernadette Nightingale war eine Löwin. Aber auch sie musste irgendwann die kalte Wahrheit einsehen: Entweder die ganze Familie Nightingale kehrte nach Wick zurück. Oder jemand schnappte sich die Zwillinge und verschleppte sie gegen ihren Willen dorthin.

Richard atmete tief durch und hob abwehrend die Hände. »Wir können doch sicher eine andere Vereinbarung treffen«, schlug er versöhnlichere Töne an.

Nichts in meiner Miene regte sich. Das hier war nichts Neues für mich – einfach nur ein Schritt, der auf den nächsten folgte. Langsam könnte ich einen eigenen Trauerbewältigungsprozess entwerfen, zugeschnitten auf Cailleacha, die von Suchern gefunden worden waren. Ich war die Phase des *Verhandelns* gewohnt und dachte keine Sekunde lang über das Angebot nach. »Können wir nicht.«

Etwas Verzweifeltes mischte sich in ihre Mienen, und ich konnte ihnen förmlich ansehen, wie sie innerlich ihre Optionen durchgingen. Sie könnten versuchen, mich anzuflehen, vor mir zu entkommen oder mich zu bekämpfen. Ich war gespannt, wofür sie sich entscheiden würden.

»Was, wenn wir uns zur Wehr setzen?«, fragte Richard mit tiefer Stimme.

Ich widerstand dem Drang, die Augen zu verdrehen. Ich konnte nicht glauben, dass er diese Alternative auch nur in Betracht zog. Ich steckte die Hände in die Hosentaschen und blickte ihm gelangweilt entgegen. »Ich denke nicht, dass ihr euren Töchtern die Qual antun wollt, so früh ihre Eltern zu verlieren.«

Bernadettes Gesichtszüge entgleisten. »Das kann doch nicht dein Ernst sein!«, hauchte sie. »Mick. Fiona hat zu dir aufgesehen. Du warst ihr -«

»Diese Zeiten sind längst vorbei.« Ich reckte das Kinn. »Und meine Geduld ist begrenzt.«

Seit ich zum Sucher geworden war, waren die Nightingales immer wieder in der Top-10-Liste aufgetaucht, ganz gleich, wie oft man sie über den Haufen geworfen hatte. Ich hatte so oft versucht, sie aufzuspüren, und war so oft gescheitert. Und jetzt, wo ich mein Ziel endlich erreicht hatte, wollte ich mich keine weitere Sekunde hinhalten lassen. Nicht, wenn sich die beiden ohnehin schon längst entschieden hatten.

Genau das mussten die beiden in diesem Moment spüren. Sie schenkten einander einen langen Blick. Ihre Hände schienen sich wie von selbst zu finden. »Gib uns eine Woche«, bat Richard dann.

Ich schnaubte. »Eine Woche? Um abzuhauen? Spart euch die Zeit und Energie«, wehrte ich ab. »Euren Töchtern zuliebe.«

Er schüttelte den Kopf. »Sie haben keine Ahnung von ... nichts!« Sein Daumen strich über Bernadettes Handrücken, wie zu einer stillen Beruhigung, nicht den Mut zu verlieren. »Wir müssen sie auf das, was kommt, vorbereiten.« Er warf die freie Hand in die Luft. »Wir können sie doch nicht einfach in eine völlig fremde Welt werfen und erwarten, dass sie sie akzeptieren!«

»Bitte!«, legte Bernadette nach.

Ich blickte den beiden entgegen und rang mit mir selbst. Ich war niemand, der mit sich verhandeln ließ. Ich sollte keine Vereinbarung mit ihnen treffen. Ich sollte nicht einmal mit ihnen reden. Aber das hatte ich mir nun selbst eingebrockt. Die Nightingales hatten ihre Strategie gewählt. Es war an der Zeit, meine eigene zu bestimmen.

»In Ordnung«, lenkte ich ein und beobachtete, wie sich Erleichterung in ihre Mienen mischte. »Eine Woche.«

Gelöst schritt Bernadette auf mich zu und griff nach meiner Hand. Ihre fühlte sich weich und ihre Berührung vertraut an. »Danke!« Sie klang so, als meinte sie es von ganzem Herzen.

Aber das änderte nichts daran, dass ich sie durchschaut hatte. *Ihre Töchter darauf vorbereiten* – ich glaubte ihnen kein Wort. Ich wusste genau, was sie vorhatten. Sie waren verzweifelt. Sie waren wegen irgendeiner dämlichen Seherinnen-Prophezeiung so verzweifelt, dass sie lieber Hals über Kopf aufs Neue untertauchten, anstatt zuzulassen, dass ihre Töchter an den einzigen Ort gebracht wurden, an den sie rechtmäßig gehörten.

Aber genau das war mein Job. Und ich würde mich durch keine Prophezeiungen, Tränen oder herzerweichende Geschichten davon abhalten lassen, ihn zu erfüllen. Josephine und Amber würden nach Wick zurückkehren – und wenn wir sie mit Gewalt dazu bringen mussten.

Zu meiner Überraschung atmete ich vollkommen ruhig. Ich weinte nicht. Ich war nicht einmal traurig. Stattdessen spürte

ich eine ungeahnte Wärme in mir. Ich hätte nie gedacht, meine Eltern jemals wiederzusehen. Jetzt hatte mir Mick diesen Wunsch in gewisser Weise erfüllt. »Danke«, flüsterte ich.

»Es gibt rein gar nichts, wofür du dich bei mir bedanken solltest«, brummte er und wandte den Blick ab.

Ich musterte ihn, doch nichts an seiner Miene verriet, wie er sich fühlte. So wie immer. »Du bist erst vier Monate später zu uns gekommen«, erinnerte ich mich. »Warum?«

»Ich wusste es nicht. Ich habe Gwydion von ihnen erzählt, und er hat entschieden, dass wir euch in Ruhe lassen. Es war zu schön, um wahr zu sein. Es hätte mir seltsam vorkommen

müssen. Aber stattdessen habe ich weitergemacht wie bisher.«
Ein harter Zug bildete sich um seinen Kiefer. »Ich war … voller
Zweifel, offener Fragen, Selbsthass und dem Gefühl, dass ich
einen großen Fehler gemacht habe.« Er starrte seine Knie an.
»Ich wusste nicht, was geschehen ist. Und schon gar nicht, was
ich tun sollte.«

»Und dann«, sagte ich zaghaft, »hast du deinen Job erledigt
und uns doch noch nach Wick gebracht.«

»So war es nicht«, entgegnete er. »Ich habe geahnt, dass
ihr das Ziel wart. Aber ich habe die Gefahr nicht richtig
eingeschätzt – und den Fehlschluss gezogen, ihr wärt in Wick
sicherer. Deshalb habe ich alles darum gegeben, euch dorthin
zu bringen.«

Ich blinzelte träge. »Klingt so, als würdest du es bereuen.«

Dass ich seine Hand immer noch festhielt, bemerkte ich
erst, als sich sein Griff etwas versteifte. »Nein«, widersprach
er dann jedoch. »Hätte ich es nicht getan, wäre die Wahrheit
über Gwydion vielleicht nie ans Licht gekommen. Es …« Er
stockte. »Es tut mir nur leid, dass es gerade euch getroffen hat.«

»Ich schätze«, sagte ich leise, »auch das war uns irgendwie
vorherbestimmt.« Ich atmete bebend durch. »Sie sind jetzt
schon fast drei Jahre tot.« Ich schloss die Augen, die plötzlich
zu brennen begonnen hatten. »Alles, was sie wollten, ist, dass
Josie, Fiona und ich glücklich sind. Aber …« Ich stockte. »Ich
habe das Gefühl, ich enttäusche sie. Weil ich … nicht glücklich
bin«, vertraute ich ihm etwas an, das ich weder Fiona noch
Kristen hatte sagen können.

»Du bist neunzehn«, sagte Mick sanft und doch eindringlich.
Sein Daumen strich über meinen Handrücken. »Niemand
erwartet von dir, dass du dein Leben im Griff hast.«

»Aber ich schon!«, stieß ich so heftig hervor, wie ich es in meinem Zustand konnte. Ich öffnete die Augen. »Josie ist eine Schwarzmagierin. Sie hat einen Zirkel. Sie hat eine Aufgabe, sie … Sie hat sich für Wick entschieden. Und es war die richtige Entscheidung. Und ich …? Ich bin hier. Ich studiere Englisch und Geschichte.« Ich schüttelte den Kopf. »Aber wozu das alles? Ich habe nicht die geringste Ahnung.« Mir ging die Luft aus, weshalb ich abbrach. Ich erwartete sowieso keine Sekunde lang, dass Mick mein Gebrabbel verstand.

Er runzelte die Stirn. »Ich habe das Gefühl«, hob er langsam an, »du glaubst, ohne deine Schwester seist du nichts wert. Aber das stimmt nicht.«

Ich drehte den Kopf in die andere Richtung. »Josie ist die Stärkere von uns beiden«, wehrte ich ab. »Das war sie schon immer.«

»Das bedeutet nicht, dass du schwach bist.«

»Ich fühle mich aber so.«

Ich hörte, wie Mick tief durchatmete. »Du hast Adria gegen die Éin verteidigt«, erinnerte er mich. »Du hast deine Schwestern beschützt, wann immer es nötig war. Du hast Gwydion so schwer verletzt, dass er in die sterbende Welt fliehen musste – eine Welt, von der er keine Ahnung hat. Du bist ganz allein hierher zurückgekehrt, weil du dein Ziel nicht aus den Augen lassen wolltest.« Als ich mich ihm wieder zuwandte, sah er sich verzweifelt im Raum um, als suchte er nach einem Anhaltspunkt. »Du hast dich Jade gestellt. Du hast *fünf* erfahrene Sucher unschädlich gemacht. Du bist klug, du bist entschlossen, du bist –« Er stockte. »Du bist vernünftig und verdammt stur. Und das alles zusammen ist deine Stärke, Amber.« Er holte noch einmal Luft. Dann sagte er etwas zu mir, das ich niemals vergessen würde: »Du bist die Protagonistin deiner eigenen Geschichte. Und es wird Zeit, dass du damit anfängst, sie zu schreiben.«

Fasziniert betrachtete ich ihn. »Ich habe dich noch nie so viel am Stück reden hören.«

Ein Zucken ging durch seine Braue. »Ist das alles, was du dazu zu sagen hast?!«

War es nicht. Nachdenklich musterte ich ihn. Spätestens seit dieser Erinnerung spürte ich, dass da mehr war, als er mir erzählen wollte. Mehr als er mir gezeigt hatte, sogar als ich mich in seinem Kopf befunden hatte. Ein winziges Detail, streng gehütet wie ein waschechtes Geheimnis, das meine Sicht auf ihn vielleicht für immer verändern würde. »Was hat meine Eltern und dich wirklich verbunden?«

Er schenkte mir einen langen Blick. »Schlaf jetzt.« Damit entzog er mir seine Hand und stand auf. Er stellte den Stuhl sorgfältig zurück an seinen Platz und bewegte sich zur Tür.

»Mick«, hielt ich ihn ein letztes Mal auf.

Er blieb stehen und drehte sich halb zu mir um. »Ja?«

Ich befeuchtete meine Lippen. »Ich vergebe dir.«

Am nächsten Morgen würde ich mir nicht mehr sicher sein, ob ich den letzten Teil nicht nur geträumt hatte. Dafür war ich von einer anderen Sache fest überzeugt: Wie so oft vor dem Einschlafen streckte ich meinen Geist aus und hoffte, dass meine Schwester mich hören konnte. Dass sie mich, obwohl wir Welten entfernt waren, *spüren* konnte. Dass sie immer da wäre, wenn ich sie am meisten brauchte. So wie jetzt.

Josie?

Aber wie immer kam nichts zurück.

5.

DER DACHBODEN

ie nächsten Tage verflogen ohne Zwischenfälle – zumindest außerhalb der Vorlesungen. Der Stoff, der kurz vor Weihnachten noch dazukam, fühlte sich dafür wie hundert Schläge in die Magengrube an. Als es endlich Donnerstagmittag wurde, war ich völlig geschlaucht. Kristen war schon nach Hause zu ihrer Familie gefahren, und ich hatte am Vorabend meine Sachen gepackt, um den Bus nach Reading zu nehmen. Damit hielt mich nichts und niemand mehr in Oxford.

Seit dem Vorfall mit den Suchern war Mick vorsichtiger geworden. Er hatte mich darum gebeten, seinen Unsichtbarkeitszauber in Zukunft in Ruhe zu lassen. Ich hatte dem Folge geleistet, weil mir klar geworden war, dass er sonst nicht nur die Aufmerksamkeit von Suchern, sondern auch der übervorsichtigen Nachbarn auf sich ziehen könnte, die sich von jedem Müllmann ausspioniert fühlten und deren Hände quasi jederzeit über dem Telefon schwebten.

Ich hatte ihm regelmäßig etwas zu essen gebracht, worüber er sich immer beschwert hatte, nur um dann doch bis auf den letzten Krümel aufzuessen. Kristen war derweil so im Lernstress gewesen, dass sie überhaupt nichts davon mitbekommen hatte. Ihr wäre es nicht einmal aufgefallen, hätte ich in meinem Zimmer eine Atombombe hochgehen lassen.

Abends, nachdem ich abgespült und gelernt hatte, hatte ich mich mit meinem E-Reader zu ihm ins Auto gesetzt. Wir hatten still nebeneinanderher gelesen, ohne auch nur ein Wort zu sagen. Jeder war für sich in eine fremde Welt vertieft gewesen – und es war unbeschreiblich schön gewesen.

Sooft ich ihm auch angeboten hatte, auf unserer Couch zu schlafen – er hatte immer abgelehnt. Ich hatte keine Ahnung, was er nun machen würde, wenn ich nach Reading zurückkehrte. Meinen Rucksack geschultert, schlenderte ich von meiner Wohnungstür zu seiner Schrottkiste, ergriff den Türgriff –

Und stellte fest, dass abgeschlossen war. »Hallo?« Ich klopfte an die Scheibe, auf deren anderer Seite natürlich niemand zu sehen war. Mick täte gut daran, mich nicht genau heute zu ignorieren, wo ich mich gleich für zwei Wochen nach Hause verabschieden würde.

»Taispeáin duit féin!«, sagte ich ungeduldig – und nichts passierte. Mick wurde nicht sichtbar. Weil er etwa überhaupt nicht da war?

Ein ungutes Gefühl stieg in mir auf. »Taispeáin dom gach rud.« Der allsehende Schleier legte sich über meine Augen und offenbarte mir – nichts!

Mick war fort.

Eine Eiseskälte erfüllte mich von innen. Was war passiert? War ihm etwas zugestoßen? Hatten die Sucher –

»Ich bin hier«, ertönte eine Stimme neben mir. Ich fuhr herum – und entdeckte Mick, der zu Fuß aus Richtung Innenstadt auf mich zukam.

Erstaunt trat ich auf den Bürgersteig und wartete, bis er vor mir angekommen war. »Wo bist du gewesen?«, fragte ich vorwurfsvoll.

»Sind wir neuerdings verheiratet?«, gab Mick zurück.

Mein Mund klappte geräuschvoll zu. »Ähm.« Wäre ich nur ein klein wenig mehr wie Josie, hätte ich jetzt mit einer schlagfertigen Antwort gekontert. Stattdessen verschluckte ich mich an meiner eigenen Zunge und wurde von einem Hustenanfall untergebuttert.

Mick sperrte das Auto auf. »Wofür der Rucksack?«

»Hab ich doch erzählt«, erinnerte ich ihn mit enger Kehle. »Ich fahre über die Feiertage nach Hause.«

Er runzelte die Stirn. »Warum?«

»Weil man das nun mal über Weihnachten macht!« Und weil Oxford in den Ferien zu einer regelrechten Geisterstadt verkam, wenn alle Studenten ausgeflogen waren.

Der Sucher wirkte nicht überzeugt. »Ich gehe davon aus, dass du nicht von Wick sprichst.«

»Natürlich nicht!«

»Aber zu Hause wartet doch auch niemand auf dich.«

Ich kniff die Augen zusammen. »Es ist trotzdem mein Zuhause, okay?« Ich zögerte. »Außerdem«, fuhr ich mit gesenkter Stimme fort, »will ich ein wenig in den Sachen meiner Eltern wühlen.« Genauer gesagt im Krempel auf dem Dachboden, den seit über zwei Jahren niemand angerührt hatte.

Das langgezogene »Verstehe«, das Mick mir schenkte, zeigte mir, dass er keinen Plan hatte, worauf ich hinauswollte.

»Sie haben ihr halbes Leben in Wick verbracht«, half ich ihm auf die Sprünge. »Vielleicht findet sich dort ja etwas, das man benutzen könnte für ein –«

»Portal«, übernahm Mick Josies Job, meinen Satz zu beenden. Er legte die Stirn in Falten. »Na schön.« Geschäftig öffnete er die Fahrertür. »Steig ein.«

Verwundert drehte ich mich zu ihm um. »Warum?«

»Wir fahren los.«

Mein Herz machte einen Satz. »D-du fährst mich?«

Er taxierte mich mit einem Blick, als würde er sein Angebot jetzt schon bereuen. »Da ich sowieso in deiner Nähe bleiben will …«

Ich musste grinsen. »Du *willst?*«, fragte ich verheißungsvoll.

»Wenn ich meinem Bruder das Handwerk legen will«, präzisierte er und wirkte irgendwie angestrengt, »bleibt mir nichts anderes übrig.«

»Klar doch.« Er konnte einfach nur nicht genug von meiner Pasta bekommen. Das wusste ich ganz genau.

Dann fiel mir etwas auf, und meine Mundwinkel sackten herab. »Augenblick. Wir sollen mit *dieser* Schrottkiste fahren?«

»Hey!«, entrüstete er sich. »Ich fahre den Wagen schon seit zehn Jahren.« Damit stieg er ein.

»Genau *deshalb* habe ich Angst!«, stieß ich hervor, während ich ums Auto herumlief und es ihm gleichtat.

»Du wirst es schon überleben«, brummte Mick. »Und wenn nicht, hat Gwydion zumindest ein Problem.«

Entgeistert starrte ich ihn an. »Und ich auch!«

Mick startete den Motor.

»Weil ich dann tot bin!«, legte ich nach, aber er fuhr los und besiegelte womöglich mein Schicksal.

Mick war heute nicht besonders gesprächig. Den Großteil der Fahrt verbrachte ich damit, ein Buch aus seiner digitalen Bibliothek zu lesen, das ich noch nicht kannte. Ich konnte mich aber kaum auf den Text konzentrieren. Und das nicht, weil ich immer noch nicht glaubte, dass uns Micks Karre wirklich bis nach Reading bringen könnte.

Immer wieder warf ich ihm verstohlene Seitenblicke zu. Zugegeben, ich hatte ihn bis vor kurzem kaum gekannt. Aber ich hätte auch nie gedacht, dass er … *so* war. Diese neue Seite an ihm war etwas völlig anderes, als ich erwartet hatte. Oder vielleicht war es gar keine neue Seite – sondern einfach nur er selbst. Sein wahres Ich, das ich nie bemerkt hatte. Das hatte sich jetzt geändert, und ich würde gerne mehr darüber erfahren.

»Weißt du«, sagte er plötzlich. »Nur weil ich auf die Straße schaue, heißt das nicht, dass ich nicht sehe, wie du mich anstarrst.«

Abrupt wandte ich den Blick ab und spürte, wie mir das Blut in den Kopf schoss. »Ach, ich dachte mir nur gerade …« Hastig fischte ich nach dem nächstbesten Gesprächsthema – wenngleich es absolut keinen Kontext dafür gab. »Kein Wunder, dass du keine Menschen in deinem Leben willst. Mit der Bibliothek bräuchte ich auch keine mehr.«

Mick runzelte die Stirn. »Wer behauptet denn, dass ich keine Menschen in meinem Leben will?«

Verwundert ließ ich den E-Reader sinken. »Du bist ein Sucher. Ist das nicht irgendwie ein Teil deines Jobs?«

Ein paar Sekunden lang erwiderte er nichts. »Kann sein«, antwortete er leise.

Auf einmal hatte ich das Gefühl, einen wunden Punkt getroffen zu haben, ohne es auch nur zu ahnen. Oder in anderen Worten: etwas mehr vom wahren Mick. »Ist es nicht manchmal einsam?«, stellte ich dieselbe Frage wie schon vor ein paar Tagen. »So ganz allein zu sein?«

»Ich habe nie etwas anderes gekannt«, antwortete er dann genauso ausweichend wie beim letzten Mal. Ehe ich mich auf das Mitgefühl einlassen konnte, das in mir aufstieg, zuckte sein Blick zu mir. »Und du?«

Meine Augen wurden groß. »I-ich?«

»Du bist eine Cailleach in einer Welt voller nichtmagischer Menschen. Gewissermaßen bist du auch allein.«

Ich schnaubte. »Wenn man den Teufel an die Wand malen will, vielleicht.« Doch dann erinnerte ich mich an das befreiende Gefühl, als ich Mick meine Angst vor mir selbst anvertraut hatte. Mit keinem anderen hätte ich darüber reden können – zumindest nicht in dieser Welt. Deshalb hatte ich diese Last mehr als zwei Jahre mit mir herumgeschleppt. Bis er gekommen war. Irgendwie hatte er mich aus einer Einsamkeit erlöst, von der ich überhaupt nicht gewusst hatte, wie sehr sie mich bedrückte.

Wir brauchten etwas mehr als eine Stunde bis nach Reading, was nicht zuletzt daran lag, dass Micks Auto schon bei 50 Meilen pro Stunde zu keuchen begann wie ein alter Esel. Ich war froh, als wir in meine Straße einbogen und die Bremse sogar noch gut genug funktionierte, um uns sicher zum Stehen zu bringen.

Sofort riss ich die Tür auf und rettete mich aus dem Wagen, bevor er explodieren konnte.

»Home sweet home.« Betont gelassen stieg Mick aus. »Warum steht das Haus überhaupt leer? Ihr hättet es genauso gut vermieten können oder so.«

»Fiona wollte sich darum kümmern«, erklärte ich. »Aber …« Ich zuckte die Achseln. »Fiona wollte sich um viele Dinge kümmern.«

Was dann passierte, haute mich völlig aus den Socken: Mick lachte! Ich hatte ihn noch nie lachen gehört, und es irritierte mich so sehr, dass ich ihn einfach nur mit weit geöffnetem Mund anstarren konnte – so lange, bis es ihm wieder verging und seine Mundwinkel herabsackten.

Es war jedes Mal ein seltsames Gefühl, nach Hause zu kommen. Alles war wie vor einem halben Jahr, als ich zuletzt hier gewesen war. Das kleine Häuschen stand stumm und still vor uns, nur eines von vielen Gebäuden des Wohngebiets, in dem wir lebten.

Ein Teil von mir freute sich darauf, hierher zurückzukehren, doch da war noch etwas anderes. Eine dunkle Nische in meinem Herzen, die sich mit aller Kraft dagegen sträubte, auch nur einen Schritt weiterzumachen.

Ich straffte die Schultern. »Also gut.« Ich zog den Hausschlüssel aus meiderner Jacke und trat auf die Tür zu. Im Briefkasten befand sich wie erwartet nur lieblose Werbung. Ich ließ jede Post, die an diese Adresse geschickt wurde, an meine Wohnung in Oxford weiterleiten, was auch der Grund dafür war, weshalb ich den einzigen Schlüssel für Kristens und mein Postfach in meinem Zimmer versteckte: Damit sie bloß nicht die Post holen und sich fragen könnte, warum Briefe für Josie und Fiona bei uns ankamen.

»Der Dachboden ist nicht besonders groß«, hob ich an. »Es sollte schnell gehen. Und selbst wenn wir nichts finden, können wir ja trotzdem eine Weile hierbleiben und« – ich zuckte die Achseln – »ich weiß nicht, Weihnachten feiern.«

»Ich passe.« Natürlich tat er das.

Den Schlüssel im Schloss, warf ich ihm einen Schulterblick zu. »Wo willst du denn sonst hin?«

»Ich feiere kein Weihnachten.«

Ich verdrehte die Augen. »Ich schon! Und das reicht.« Was für ein Stinkstiefel. Ich öffnete die Tür und sog den vertraut-staubigen Geruch ein, der mich empfing. »Fühl dich wie zu Hause«, flötete ich und pfefferte meinen Rucksack in eine Ecke.

Mick schloss die Tür hinter sich. »Mein Zuhause«, erinnerte er mich, »hast du vor zwei Jahren dem Erdboden gleichgemacht.«

Erschrocken fuhr ich herum und starrte ihn verunsichert an. Daran hatte ich überhaupt nicht gedacht. »Tut … mir leid«, hauchte ich.

»Lass uns keine Zeit verlieren.« Mick ging an mir vorbei in Richtung Treppe, und ich folgte ihm nach oben. Er musste die Luke zum Dachboden öffnen, weil ich nicht einmal mit dem Stock rankam, den man in die dazugehörige Öse einhaken musste.

Auf dem Dachboden erstreckte sich ein Labyrinth aus uralten Möbelstücken, mottenzerfressener Kleidung, aus der Mode gekommener Weihnachtsdeko und einer dicken Schicht Staub, die bei jeder Bewegung aufs Neue aufgewirbelt wurde und einen direkten Weg in meine Nase fand. Abgesehen davon gab es absolut nichts. Ich öffnete jeden Schrank und jede Kommode und zog jede Schublade auf – Fehlanzeige. Nichts deutete darauf hin, dass die Familie, die hier gelebt hatte, irgendetwas mit Hexen zu tun gehabt hatte.

Irgendwann hockte ich mich an Ort und Stelle auf den Boden und unterdrückte mit aller Kraft meinen zehnten Niesanfall. »Das darf doch nicht wahr sein«, brummte ich. »Sie haben als Ärzte gearbeitet, ja – aber sie können unmöglich ganz mit der Magie aufgehört haben. Sie waren Weißmagier! Ich bin mir sicher, dass sie ihre Kräfte fürs Gute genutzt haben.« Ich sah mich um. »Aber wie?«

Mit verschränkten Armen sah sich Mick um. »Ich werde das Gefühl nicht los, dass Fiona alles, was mit Wick zu tun hat, wieder dorthin zurückgeschafft hat.« Er schnaubte. »Immerhin *darum* hat sie sich gekümmert.«

In diesem Moment schob sich eine einzelne Erinnerung vor mein inneres Auge. Der Tag, an dem Josie und ich zum ersten Mal durch das Portal getreten waren. Fiona hatte erklärt, dass man etwas aus Wick brauchte, und einen ganzen Rucksack voll mit Krempel dabei gehabt. Wahrscheinlich hatte sie den Dachboden ausgeräumt. Was bedeutete, dass es hier schon seit über zwei Jahren nichts mehr zu holen gab. »Ach, Fiona«, stöhnte ich, ehe ich so heftig niesen musste, dass mein Herz einen dumpfen Satz machte.

Zehn erfolglose Minuten später stiegen wir die Leiter ins Obergeschoss hinab. »Satz mit X«, murmelte ich, während Mick die Klappe schloss.

»Was ist mit ihrem Schlafzimmer?«, fragte er über die Schulter.

»Mit ihrem –« Ich drehte den Kopf und starrte in Richtung der Tür, die seit drei Jahren niemand mehr geöffnet hatte. »Ähm.« Ich schluckte. »Ja, vielleicht … finden wir dort etwas.« Mir wurde übel und schwindelig zugleich.

Mick näherte sich dem Zimmer, bemerkte dann aber, dass ich mich nicht zum Fleck rührte. Abwartend sah er mich an. »Alles in Ordnung?«

Meine Kehle war wie zugeschnürt, und ich konnte den Boden zu meinen Füßen kaum mehr spüren. »Ich … weiß nicht, ob ich das kann.«

Mick runzelte die Stirn. »Es ist doch nur ein Zimmer.«

»Es ist *ihr* Zimmer«, betonte ich mit dünner Stimme. »Da sind so viele … Erinnerungen.«

Ein paar Sekunden lang blickte mich Mick mit einer Mischung aus Unglauben und Mitgefühl an. »Soll ich allein nachsehen?«

»Nein!«, sagte ich schnell. Nein. Ich musste das hier tun.

Also riss ich mich am Riemen und schritt auf die Tür zu. Er hatte recht. Es war ein Zimmer, nichts weiter. Es war einfach nur ein …

Als ich eintrat, war alles gut. Das Schlafzimmer meiner Eltern war kleiner als Josies und meines. Der Großteil der Fläche wurde von einem Doppelbett, einem wuchtigen Kleiderschrank und einer Kommode mit Fernseher eingenommen. Auf der anderen Seite des Raums befand sich ein Fenster, durch das sanftes Tageslicht fiel, in dem man einzelne Staubflocken tanzen sehen konnte.

Es war alles in Ordnung. Es war einfach nur ein Zimmer. Es gab rein gar nichts, worüber ich mir –

Als Kinder hatten Josie und ich oft in diesem Bett geschlafen. Wir hatten Albträume gehabt, meistens dieselben. Sie hatten uns gleichzeitig aus dem Schlaf gerissen, und unsere Schreie waren so laut gewesen, dass es keine zwei Sekunden gedauert hatte, bis Mum und Dad auf der Matte gestanden hatten. Sobald unsere Köpfe zwischen ihnen das Kissen berührt hatten, waren wir friedlich wie Babys eingeschlafen.

Aus diesem Schrank hatte Mum an unserem dreizehnten Geburtstag zwei identische Kleider gezogen – eines in Rot für Josie, eines in Blau für mich. Wir hatten sie in einem Schaufenster in London gesehen und uns sofort in sie verliebt. Ich und sogar Josie hatten gekreischt vor Freude und waren Mum mit Tränen in den Augen um den Hals gefallen.

An diesem Fenster hatte ich immer gesessen, wenn Dad es uns bei Regen verboten hatte, nach draußen zum Spielen zu gehen. Mit Mühe und Not war ich auf die Fensterbank geklettert, wo ich den perfekten Blick auf die Straße gehabt und geduldig darauf gewartet hatte, dass das Wetter besser wurde.

Irgendwann war Dad reingekommen und hatte mir ein Buch in die Hand gedrückt: *Das Wunder von Narnia*. Auf einmal waren das Spielen und der Regen vergessen gewesen. Ich hatte noch immer auf der Fensterbank gesessen, doch diesmal war mein Blick nicht nach draußen, sondern auf die Seiten des Buches gerichtet gewesen, das für immer einen besonderen Platz in meinem Herzen haben sollte.

Ich hatte eine wunderschöne Kindheit gehabt. Aber das alles war vorbei. Und es würde nie mehr so sein wie damals. Ich würde meine Eltern nie wiedersehen. Ich würde nie wieder ihre Stimmen hören. Eines Tages würde ich sogar vergessen, wie sie klangen. Ich würde vergessen, wie ihr Lächeln aussah. Wie sich ihre Berührungen anfühlten. Wie sich die Wärme ihrer Worte anfühlte. Sie wären nicht mehr als eine vage Erinnerung, an der ich mich mit aller Kraft festklammern wollte, die mir aber jeden Tag ein bisschen mehr entglitt.

Ich konnte das hier nicht.

Ein Schluchzen brachte meinen Körper zum Erbeben. Träne um Träne löste sich aus meinen Augenwinkeln und rollte über meine Wangen.

Mick legte mir von hinten die Hände auf die Schultern. »A-Amber.« Er wirkte verunsichert wie noch nie.

Der bloße Klang seiner Stimme machte alles noch viel schlimmer. Eine weitere Welle fuhr durch mein Innerstes und ließ mich am ganzen Leib zittern. Ich schluchzte, wie ich in all den Jahren noch nie geschluchzt hatte, während die Tränen meine Wangen durchnässten.

Ich wollte nicht mehr. Ich wollte das alles nicht mehr. Nicht ohne sie –

Als mich Mick vorsichtig herumdrehte, verbarg ich das Gesicht in meinen Händen, damit er es nicht mitansehen musste. Meine Knie wurden weich. Ich fühlte mich kraftlos, konnte mich kaum mehr auf den Beinen halten. Meine Augen brannten wie Feuer, und das Blut rauschte so laut in meinen Ohren, dass ich kaum hören konnte, was Mick sagte.

Sanft strich er mir über die Oberarme. »Bitte –«

Ich wusste nicht, was ich tat, als ich ihm in die Arme fiel und meinen Kopf an seiner Brust verbarg.

Ich durchnässte seinen Hoodie, aber das war mir egal. Etwas in mir zerbrach. Etwas, das ich drei Jahre lang verzweifelt versucht hatte zusammenzuhalten, obwohl es schon längst verloren war.

Das änderte sich, als mich Mick zaghaft an sich drückte und mir sanft über den Rücken strich. Er sagte nichts, versuchte nicht, mich mit Worten zu trösten, die ohnehin keinen Wert für mich hätten. Er war einfach nur da – und das bedeutete mir alles.

Spätestens als meine Augen völlig auszutrocknen drohten, beruhigte ich mich etwas. Während die Verzweiflung, die meine Gedanken betäubt hatte, abnahm, stieg etwas ganz anderes in mir auf: Scham.

Ich heulte mich gerade an Mick Ainsworths Brust aus! Etwas Peinlicheres gab es überhaupt nicht.

»Alles okay?«, drang seine Stimme an meine Ohren, Sekunden nachdem ich aufgehört hatte, Geräusche von mir zu geben.

Das Blut schoss mir in den Schädel. »Ich muss kurz –« Abrupt löste ich mich von ihm und schlüpfte an ihm vorbei aus dem Raum. Ich stürmte ins Bad und schloss die Tür hinter mir. Mein Herz klopfte wie wild, und als ich in den Spiegel sah, waren meine Augen genauso rot wie der Rest meines Kopfs.

Ich drehte das Wasser am Waschbecken auf und spritzte es mir ins tränenverschmierte Gesicht. Schwer atmend trocknete ich es mit einem Handtuch ab, das ich zwar aus dem Schrank nahm, aber vorher lieber noch mal in die

Waschmaschine geworfen hätte. Danach fühlte ich mich, als würden es sich tausende Staubmilben auf meiner Haut bequem machen.

Ein paar Sekunden lang harrte ich unschlüssig vor der Badezimmertür aus. Ich wappnete mich gegen einen, zwei blöde Sprüche, die ich definitiv von Mick ernten würde, ehe ich auf den Flur trat.

Er stand neben der Schlafzimmertür und schenkte mir einen besorgten Blick. »Alles in Ordnung?«, fragte er wieder.

»Natürlich.« Ich versuchte, selbstbewusst zu klingen, doch meine Stimme war so hoch und schrill, dass ich einfach nur erbärmlich rüberkommen musste. Ich stolzierte an ihm vorbei zurück ins Schlafzimmer. Mir wurde klar, warum ich jahrelang nicht auf die Idee gekommen war, es zu betreten. Es war zu schwer.

Der Raum war immer noch derselbe wie gerade eben, aber jetzt war alles raus. Ich konnte mich zusammenreißen.

»Siehst du unter dem Bett nach?«, fragte ich beiläufig, während ich den Schrank öffnete. Auf den ersten Blick fand ich dort nichts als alte Kleidung. Auch auf dem Boden stach mir nichts ins Auge. Dann sah ich nach oben.

Auf einer erhöhten Ablage lugte etwas hervor, das ganz und gar nicht dorthin gehörte: Eine Schuhschachtel. Eigentlich nichts Ungewöhnliches für einen Kleiderschrank – außer, wenn man wusste, dass Mum so etwas nie aufgehoben hatte.

»Hab was«, vermeldete Mick.

»Ich auch.« Ich stellte mich auf die Zehenspitzen und streckte meine Arme in die Höhe. Mit den Fingern erreichte ich den unteren Rand der Ablage, konnte den Karton gerade so berühren, aber unmöglich ergreifen, geschweige denn herausziehen.

Ich spürte Micks Wärme in meinem Rücken, ehe er den Schuhkarton ohne Mühe aus dem Schrank fischte. Ich drehte mich zu ihm um, nahm den Deckel ab –

Und erstarrte. »Jackpot«, flüsterte ich, ehe ich das Buch herausnahm, das wie der Inbegriff eines Grimoires aussah. Es war ein großer Wälzer mit einem abgegriffenen Ledereinband und kryptischen Symbolen drauf. Noch dazu war er verdammt schwer, was vielleicht daran lag, dass er mehr als tausend Seiten dick sein musste. Er war in etwa so staubig wie der Rest des Zimmers und des ganzen Hauses. Auf verschnörkelten, kaum leserlichen Lettern stand dort *draíocht bhán*.

»Weiße Magie«, übersetzte Mick, während ich mich mit dem Buch auf die Bettkante sinken ließ.

Ich schlug es auf – und entdeckte als Allererstes einen vertrauten Namen. »Angela Aguado«, hauchte ich ehrfürchtig. »Das ist ihr Buch?« Ich schüttelte den Kopf. »Warum hatten meine Eltern es dann?«

»Weil dein Vater Angelas Schüler war«, antwortete Mick und setzte sich neben mich.

»Was?!« Entgeistert starrte ich auf die Seite. »W-warum hat sie mir das nie gesagt?«

»Wenn ich raten müsste«, erwiderte er und blätterte für mich um, »dann, weil du dir ohnehin viel zu viele Gedanken über alles machst.«

Die nächsten Minuten verbrachten wir damit, das Buch zu überfliegen. Mick übersetzte mir jede einzelne Überschrift und gab ein kurzes Statement dazu ab, ob wir den jeweiligen Zauber gebrauchen könnten. Genauer gesagt war jedes zweite Wort von ihm ein Nein. Und ein Geheimrezept für ein temporäres Portal fanden wir natürlich auch nicht. Wäre bestimmt sowieso Schwarzmagie gewesen.

»Der Segen der Hohepriesterin der dreifaltigen Göttin«, las er schließlich vor, und ich stockte.

Mein Blick wanderte von ihm zurück zum Buch. »Das ist –«

»Nein«, antwortete er kurz, doch ich legte eine Hand in das Grimoire, ehe er umblättern konnte.

»Ist es das, womit die Sucher ausgestattet werden?«, bohrte ich nach. »Was Angela mit dir gemacht hat?«

Mick nickte.

»Dann lass es uns tun!« Hastig blätterte ich auf die nächste Seite, auf der das Prozedere beschrieben stand. »Deine letzte Dosis ist schon so lange her. Da muss sich doch was machen lassen.«

»Du bist keine Hohepriesterin.«

»Aber ich habe den Segen Danas.« Ich zuckte die Achseln. »Warum sollte ich den nicht weitergeben können?«

Mick blickte nicht überzeugt drein.

»Es kann nicht schaden, es zumindest zu versuchen«, schloss ich und ließ meinen Blick über die Zeilen schweifen. Zum Glück hatte jemand neben die einzelnen Zutaten englische Übersetzungen gekritzelt. Ich runzelte die Stirn. »Wie kocht man denn *Weihrauch?*« Wie kochte man *irgendeinen* Rauch?

Als ich Mick ansah, hob er abwehrend die Hände. »Da bist du bei mir an der falschen Adresse.«

Kurzentschlossen zog ich mein Handy aus der Hosentasche. Eine Suchanfrage später fand ich heraus, dass Weihrauch nicht einfach Rauch war – sondern auch eine bestimmte Art von Körnern.

»Könnte zu dem passen, was ich gefunden habe.« Mick und stand auf. Erst jetzt fiel mir ein, dass er unter dem Bett auf etwas gestoßen war. Er wuchtete einen großen Koffer auf die Matratze und öffnete ihn.

Darin befanden sich unzählige Fläschchen, Gläser und Kästchen voller dicker Flüssigkeiten, schillernder Blätter und – Körner, die genauso aussahen wie die bei Google Bilder.

Ein Grinsen breitete sich auf meinem Gesicht aus. »Worauf warten wir dann noch?«

Mick sah mich nachdenklich an. »Der Segen der Gesegneten der dreifaltigen Göttin. Ich bin gespannt, was er aus mir macht.«

Kurz darauf stand ich am Herd und kochte einen Segen.

Während Mick es sich an unserem Küchentisch bequem gemacht hatte, blubberte im Topf vor mir eine Mischung aus Weihrauch, Wasser, Lavendel, Kardamom und violetten Blättern, deren Namen ich nicht aussprechen konnte. Bei jeder Zutat, die ich hinzugefügt hatte, hatte ich einen vorgefertigten Spruch aus dem Grimoire aufsagen müssen, aber keine Auswirkungen beobachtet. Zumindest ein kleines Feuerwerk hätte es doch geben können! Einfach nur, damit ich wusste, dass es funktionierte!

Binnen Minuten begann die Küche schlimmer zu riechen als eine abgebrannte Parfümerie. Man musste warten, bis sich alle Zutaten aufgelöst hatten, und so wie es aussah, würde das noch eine Ewigkeit dauern.

Um die nächsten Schritte nachzulesen, warf ich einen Blick in das Grimoire – und stutzte. Verlegen räusperte ich mich. »Ich weiß nicht, ob es nur an Angelas Sauklaue liegt, aber ich glaube, ich muss reinspucken.«

»Tu dir keinen Zwang an«, ertönte Micks Stimme in meinem Rücken.

Ich schüttelte mich. »Das ist irgendwie widerlich.«

»Solange es hilft.«

Ich war nicht überzeugt. Das klang ganz so wie die Prise Salz, die man gefühlt jedem Gericht hinzufügen sollte und von der ich keine Ahnung hatte, welch wundersame Wirkung sie auf das Essen haben sollte.

Ich beschloss, das Spucken auf später zu verschieben. »Wenn wir fertig sind, könnte ich uns was kochen«, schlug ich vor. »Ich meine was zu essen. Vielleicht müsste ich dafür noch einkaufen gehen …«

»Warum tust du das?«, unterbrach mich Mick plötzlich.

Irritiert drehte ich den Kopf in seine Richtung. Er saß auf einem unserer Stühle zurückgelehnt, einen Arm lässig auf der Lehne, und betrachtete mich mit seinem typisch-undeutbaren Gesichtsausdruck. »Einkaufen?«

»Warum hilfst du mir? Warum bringst du mir Essen?«, zählte er auf. »Warum manipulierst du eine Horde Sucher für mich? Warum liegst du mir ständig damit in den Ohren, mein Auto saugen zu wollen?«

Ich grunzte. »Mal gesehen, in welchem Drecksloch du da haust?«

»Warum willst du meinen Segen erneuern?«, legte er nach. »Du bist mir rein gar nichts schuldig.« Er schüttelte den Kopf. »So einen großen Gefallen habe ich nicht verdient. Geschweige denn alles andere.«

Ich schnaubte. »Ist mir egal, was du verdient hast.« Ich wandte mich wieder dem Topf zu und rührte darin herum in der Hoffnung, den Prozess zu beschleunigen. »Wenn ich etwas zu geben habe, gebe ich. So einfach ist das.«

Mick schwieg, und ich kehrte zum letzten Thema zurück. »Wir könnten auch auswärts essen«, überlegte ich. »Gleich um die Ecke ist ein nettes Café. Und in der Innenstadt gibt es eine Pizzeria. Magst du Pizza?«

Ich hörte, wie hinter mir ein Stuhl über die Fliesen gezogen wurde, als Mick aufstand.

»Wir haben früher ständig dort gegessen«, sprach ich weiter und schaltete die Temperatur auf der Platte höher. »Wenn sie inzwischen nicht den Besitzer gewechselt haben, dann –«

In diesem Moment trat Mick neben mich und stellte den Herd aus.

Ich stockte. »Was …?« Ich sah zu ihm auf – und begegnete seinem aufrichtigen Lächeln, das mir von jetzt auf gleich die Sprache verschlug. Es war dasselbe, das er mir in den letzten Tagen schon so oft geschenkt hatte und das jedes Mal aufs Neue einen verräterischen Schwarm Schmetterlinge in meinem Bauch zum Leben erweckte. Genau wie jetzt, sodass ich nicht mehr wusste, was ich eigentlich hatte sagen wollen.

Die Zeit schien stillzustehen, als sich Mick Ainsworth zu mir herunterbeugte und mich zärtlich küsste.

Ich war überrascht. Und ich war erleichtert. So sehr, dass ich die Arme um seinen Hals schlang und mich auf die Zehenspitzen stellte, um ihm entgegenzukommen und mehr von dem kunterbunten Gewirr aus Gefühlen zu bekommen, die er mit seiner bloßen Berührung in mir auslöste.

Eine Hand auf meiner Wange, eine auf meinem unteren Rücken, zog mich Mick noch dichter an sich heran. Der Abstand zwischen unseren Körpern wurde immer kleiner, bis es keinen Unterschied mehr zwischen ihm und mir gab.

Das bloße Gefühl seiner Lippen auf meinen beflügelte meine Seele und erhob sie in die höchsten Höhen, weit über Wolke Sieben hinaus. Es war, als würde eine Knospe in mir zu einer strahlend roten Rose aufblühen. Ich fühlte mich frei. Und zum ersten Mal seit einer unendlich langen Zeit war ich einfach nur glücklich.

6.

DIE FRAU MIT DEN KRISTALLOHRRINGEN

Der Abend endete damit, dass wir die Pizza bestellten und eine Ewigkeit darauf warteten, dass der seltsame Segen-Trank endlich fertig war. Es war kurz vor Mitternacht, als ich glaubte, dass sich die Zutaten einigermaßen vermischt hatten.

Mick hatte sich bis auf die Unterhose ausgezogen und in der Dusche postiert. Ich musste einen Hocker heranschaffen und mich daraufstellen, um die Brühe über seinen Kopf gießen zu können. »Bist du dir sicher, dass ich alles richtig gemacht habe?«, fragte ich zögerlich.

Er musterte mich skeptisch. »Wie schon gesagt: Ich habe ihn bis jetzt nur empfangen und Angela nicht in der Küche zugesehen. Vielleicht auch besser so«, fügte er leise hinzu.

Ich biss mir auf die Unterlippe und ging im Kopf noch einmal alle Zutaten durch, die ich vermischt hatte. Letzten Endes hatte sich sogar in die Suppe gespuckt, auch wenn sich alles in mir dagegen gesträubt hatte.

Ich kam zu dem Schluss, dass ich es einfach versuchen musste. »Bereit?«

»Ich wurde bereit geb-«

»*Tugaim beannacht Dana duit*«, sagte ich und übergoss Mick mit dem Trank.

Er kniff die Augen zusammen und sog scharf die Luft ein, als die Flüssigkeit seinen Kopf, seine Schultern und seinen Oberkörper hinabfloss. »Es ist jedes Mal wieder ein Vergnügen«, stieß er unter zusammengebissenen Zähnen hervor. Jetzt roch *er* wie eine abgebrannte Parfümerie …, in die ich gespuckt hatte.

Abwartend sah ich ihn an. »Fühlst du dich … anders?«, fragte ich vorsichtig. »Besser?«

Er schob sich einige klatschnasse Haarsträhnen aus der Stirn. »Kein bisschen.«

Ratlos stellte ich den Eimer ab. »Vielleicht hab ich was falsch gemacht.«

»Weißt du, was dafür sorgen würde, dass ich mich besser fühle?«, fragte er plötzlich.

Ich blinzelte. »Was denn?«

Ohne Vorwarnung schlang Mick die Arme um mich und riss mich förmlich in die Dusche. Ich schrie auf vor Schreck. Im nächsten Moment ließ er mich neben sich herunter – und drehte das Wasser auf.

»Nein!«, kreischte ich, als ein eisiger Schwall sich über mich ergoss und meine Kleidung durchnässte. Die Kälte fuhr mir bis ins Mark und brachte meine Haut zum Kribbeln.

»Jetzt sind wir quitt«, sagte Mick höhnisch.

»Du hast sie doch nicht mehr alle!«, keifte ich, aber dann nahm er mein Gesicht in seine Hände und küsste mich, und die Welt war wieder in Ordnung.

Mick schlief nicht. Nicht nur, weil er sich immer noch dazu verpflichtet fühlte, mich zu bewachen, sondern auch, weil er das nicht mehr musste. Der Segen fruchtete besser als erwartet. Was eigentlich auch das Mindeste war, nachdem ich in die Brühe hatte spucken müssen.

Während ich in Josies Bett schlief, hatte er es sich auf meinem bequem gemacht, das mit einem Leselicht ausgestattet war, und blätterte in Angelas Grimoire.

Ich träumte von meinen Eltern, von meiner Schwester, von Gwydion, von unverhofften Küssen und einer Reise durch die Zeit, als mich Micks Stimme aus dem Schlaf riss: »Ich hab was.«

Träge hob ich die Lider. »Wirklich?«, fragte ich verschlafen und streckte mich ausgiebig. »Was ist es?«

»Erinnerst du dich an das Pentagramm, das Gwydion gezeichnet hatte, um euch festzuhalten?«

Mein Magen krampfte sich zusammen, und ich hielt inne. »Wie könnte ich das vergessen?«

»Ich habe es gefunden.« Er deutete auf die Seite, die er aufgeschlagen hatte. »Zumindest eine stark vereinfachte Version davon. Wir könnten es gegen ihn verwenden.«

Träge richtete ich mich in meinem Bett auf. »Wie?«

»Wenn wir Jade hineinbekommen, kann sie keine Magie gegen uns benutzen. Weder, um uns anzugreifen, noch, um sich aus dem Staub zu machen. Sie würde festsitzen.«

Ich erschauderte, als ich daran zurückdachte, selbst dort gefangen gewesen zu sein. Ich hatte den Zauber, der darauf gelegen hatte, zwar brechen können – aber es hatte mich all meine Kraft gekostet. »Ich glaube, Gwydion hatte davon gesprochen, dass er Jahre gebraucht hat, um es zu perfektionieren.«

»Ja«, sagte Mick unbeeindruckt. »Weil er Gwydion ist – und nicht Amber Nightingale.«

»Er hat auch enorme Kräfte –«

Mick sah mich fest an. »Ich spreche nicht von deinem Segen.«

Erst begriff ich nicht. Dann stahl sich ein Lächeln auf meine Lippen. »Zeig mal her.« Ich schälte mich aus meinem Bett und quetschte mich neben ihn. Seine bloße Nähe löste eine Wärme in mir aus, von der ich nicht genug bekommen konnte.

Ich starrte die Seite an, auf der Angela in feinsäuberlichen Federstrichen das Pentagramm aufgezeichnet hatte – und mein Mut sank. »Ach du Scheiße.«

»Es ist … kompliziert«, lenkte Mick ein. »Aber nicht unmöglich nachzuzeichnen. Schwierig wird es erst, wenn wir dafür sorgen müssen, dass Jade hierherkommt.«

Ich versuchte, meine aufsteigende Panik herunterzukämpfen. »Eins nach dem anderen. Ich bin schon froh, wenn wir das Pentagramm vor Weihnachten fertigbekommen.« Ich unterdrückte ein Gähnen und stand auf. »Um am Anfang anzufangen – willst du nen Kaffee?«

»Nein, danke«, lehnte Mick ab, doch der zärtliche Ausdruck in seinen Augen machte die Ablehnung wieder wett.

Ich suchte mir den Dachboden für das Pentagramm aus – den einzigen Raum im Haus, bei dem ich es über mich brachte, den Boden mit Kreide zu beschmieren. Was Letztere betraf, fand ich dort einen ganzen Eimer voll davon, mit dem Josie und ich früher immer losgezogen waren, um auf den Asphalt zu malen. Es war wahrscheinlich nicht annähernd das Material, das Angela für den Zauber vorgesehen hatte, würde es aber sicher auch tun. Das hoffte ich zumindest.

Es war vier Uhr morgens, als wir so viel Gerümpel wie möglich aus dem Weg räumten und anfingen. Mick zog mich damit auf, dass wir doppelt so lange brauchen würden, weil ich nach jeder Linie, jedem Mond, jedem keltischen Buchstaben zurück zum Grimoire lief, das auf dem Boden lag, um sicherzugehen, dass ich alles richtig machte. Letzten Endes verbrachte ich mehr Zeit über das Buch gebeugt als beim Zeichnen, weil von draußen kein Tageslicht hereinfiel und die nackte Glühbirne über unseren Köpfen so stark flackerte, dass ich meinen Augen nicht mehr über den Weg traute.

Ich wurde nervös. »Also ist das der Plan?«, fragte ich, während ich ein keltisches Bann-Symbol auf die Dielen kritzelte, das schier kein Anfang und kein Ende hatte. »Wir fangen sie und fragen sie, wo Gwydion ist –«

»Ich glaube nicht, dass es beim *Fragen* bleiben wird«, warf Mick auf der anderen Seite des Kreises ein.

»Und dann finden wir ihn und –« Ich stockte. »Was dann?«

Mick sah zu mir hinüber. »Das sehen wir, wenn es so weit ist«, antwortete er sanft. »Eins nach dem anderen, schon vergessen?«

Zögerlich nickte ich. Er hatte recht – vor allem, weil bei Schritt eins unseres Plans schon so unglaublich viel schiefgehen konnte.

Es war zehn Uhr, als das Pentagramm mehr oder weniger fertig war. Mit dem schweren Schinken in beiden Händen ging ich die Kreidezeichen Symbol für Symbol ab und verglich sie mit Angelas Vorlage. Soweit schien alles in Ordnung zu sein.

Mick legte mir eine Hand auf die Schulter. »Du weißt, was zu tun ist.«

Ich seufzte lautlos. Nun käme der schwierigste Teil. »Wenn ich einschlafe, weck mich einfach nicht mehr auf.« Ich war ohnehin schon müde, aber der Kickback, mit dem ich rechnete, wäre nichts im Vergleich zu den durchgemachten Nächten an der Uni.

Ich setzte mich vor das Pentagramm im Schneidersitz auf den Boden, Angelas Buch neben mir, und blätterte lustlos zwischen den zehn Seiten hin und her, auf denen sie den Bannzauber gekritzelt hatte. »Ich bin mir nicht mal sicher, ob ich das alles aussprechen kann.« Ich sah zu Mick auf. »Ist das ein Problem?«

Seine Miene sagte mehr als tausend Worte. Also setzte er sich neben mich und ging mit mir jede einzelne Silbe der Formel durch, bis ich jede davon einigermaßen korrekt hervorpressen konnte. Ich hasste Irisch nicht annähernd so sehr, wie Josie es tat, aber das bedeutete nicht, dass ich es liebte.

Ich wünschte, sie wäre hier.

»Schaffst du das?«, fragte Mick, während ich die Zeilen ein letztes Mal gedanklich durchging.

»Habe ich eine andere Wahl?«

»Du musst das hier nicht tun«, entgegnete er zu meiner Überraschung. »Wir können immer noch einen anderen Weg finden. Ein temporäres Portal oder –«

Ich schüttelte den Kopf. »Solange Gwydion irgendwo da draußen ist, kann ich keine Nacht mehr ruhig schlafen«, raunte ich. »Ich will, dass es vorbei ist. Dass er gefasst wird. Dass Josie und ich in Frieden leben können.« Ich schluckte. »Dafür würde ich alles tun.«

Mick nickte langsam. »Also gut. Ich bin hier.«

Ich lächelte. »Danke.« Dann wandte ich mich dem Buch zu und begann zu sprechen. Ich konnte den Blick nicht von den Seiten reißen, weil ich befürchtete, den Faden zu verlieren, aber ich bildete mir ein, dass die Linien vor mir immer heller strahlten. Nicht alle auf einmal, sondern eine nach der anderen, Zeichen für Zeichen für Zeichen. Je nachdem, welche Zeile ich gerade vorlas, wanderte das Licht in einen weiteren Bereich wie ein Glühwürmchen, das blitzschnell über den Dachboden krabbelte.

Gleichzeitig spürte ich, wie ich nach fünf Seiten immer müder wurde. Ich war froh, dass sich meine Kickbacks nicht so anfühlten wie Josies, aber trotzdem machten sie mir Angst. Was, wenn ich einschlief und nicht mehr aufwachte?

Doch als ich endete, fühlte ich mich nicht annähernd so schrecklich, wie ich befürchtet hatte. Ich blickte auf und sah, dass alle Lichter erloschen waren. »Hat es geklappt?«, fragte ich nicht zum ersten Mal in den letzten vierundzwanzig Stunden.

Und wie immer hatte Mick nur eine Antwort für mich: »Ich habe nicht die geringste Ahnung.«

»Glaubst du, wir schaffen das?« Ich schluckte. »Ich meine … Was, wenn wir es nicht schaffen?«

Mick wirkte alles andere als beunruhigt. »Jade hat keine Chance gegen dich.«

Unbeholfen sah ich zu ihm auf. »Aber was ist mit dir?«

Mick fühlte sich durch meine Frage zum Glück nicht in seinem Ego gekränkt. Er wusste, was er war, und hatte sein

Leben lang gelernt, es zu akzeptieren. »Das wird schon.« Er stand auf.

Ich tat es ihm gleich. »Mick«, sagte ich mit schwacher Stimme. »Ich habe Angst.«

Mick runzelte die Stirn. »Vor Jade?«

Ich zögerte. »Nein. Um dich.«

Seine Miene wurde weich. »Das musst du nicht. Ich komme klar. Bin ich immer.«

Ich griff nach seiner Hand. »Aber diesmal ist es anders.«

Für einen Moment sah er so aus, als wollte er sich mir entziehen. Er entschied sich jedoch dagegen. »Das Wichtigste ist, dass du sicher bist.«

Ich atmete bebend ein. Und genau deshalb fürchtete ich um ihn. Ich hatte keine Ahnung, was in den nächsten Stunden passieren würde. Aber ich kannte Mick gut genug, um zu wissen, dass er alles riskieren würde, um Gwydion zu finden. Vielleicht sogar sich selbst.

Ich blinzelte heftig. »Lass mich nicht allein«, hauchte ich. »Bitte.«

Als könnte er meine Gedanken lesen, senkte er den Blick. »Ich werde dich nicht –«

»Versprich es mir.«

Und genau das war der Knackpunkt. Mick schluckte merklich. Er musste sich offenbar dazu zwingen, mich wieder anzusehen. Er rang mit sich – aber dann sprach er es aus: »Ich verspreche es. Ich lasse dich nicht allein.«

Ein leichtes Lächeln stahl sich auf meine Lippen. Unwillkürlich stellte ich mich auf die Zehenspitzen und legte beide Hände in seinen Nacken, um sein Gesicht zu mir herunterzuziehen.

Doch er wandte es in einer entschiedenen Bewegung ab.

Ich spürte einen Stich der Enttäuschung. »Was –«

»Das ist nicht richtig«, sagte er leise und machte Anstalten, sich von mir zu lösen.

Mein Herz verkrampfte sich in meiner Brust, und ich hielt ihn fest. Langsam schüttelte ich den Kopf und versuchte, mich nicht annähernd so verletzt zu fühlen, wie ich vielleicht sollte. »Und warum, wenn ich fragen darf?«, flüsterte sich und berührte seine Wange, damit er mich ansah.

Seine Lippen waren nur noch einen Spaltbreit von meinen entfernt, doch Mick machte keine Anstalten, mich zu küssen. »Ich bin ein Fuil Millte«, erinnerte er mich. »Und du bist …« Er unterbrach sich selbst. »Ich spiele nicht in deiner Liga.«

Ich zog die Brauen zusammen. »Das hast du ja wohl nicht zu entscheiden!«

Mick ergriff meine Handgelenke und zwang meine Arme herunter. »Wenn du etwas anderes denkst«, sagte er mit düsterem Unterton, »hast du den Verstand verloren.« Damit schob er sich an mir vorbei und schickte sich an, auf Position zu gehen.

Ein Anflug des Ärgers zuckte durch meinen Körper. Er durfte mich also küssen, wann er wollte, aber bei mir war es falsch? »Stad!«

Mick erstarrte mitten in der Bewegung. »Das ist nicht fair«, stöhnte er angestrengt, während ich um ihn herumging.

Ich blieb vor ihm stehen und blickte tief in seine blauen Augen. Was ich darin sah, erschütterte mich. Es war eine Mischung aus Reue und Verzweiflung. Dann erhob er das Wort und sagte etwas, das ich noch nie aus seinem Mund gehört hatte – nicht so: »Bitte …«

Mein Herz drohte zu brechen. Aber ich ließ mich nicht erweichen. Ohne den Zauber von ihm zu lösen, nahm ich sein Gesicht in meine Hände. »Willst du das hier?«, flüsterte ich.

Mick zögerte nicht. »Mehr, als ich jemals etwas gewollt habe.«

Da war es wieder – das wohlige Kribbeln, das er mit bloßen Worten in mir auslösen konnte. Zärtlich strich ich mit den Daumen über seine Wangen. »Ich auch«, hauchte ich. »Und das ist doch alles, was zählt.« Ich erlöste ihn erst, als ich meine Lippen mit seinen vereint hatte.

Micks Widerstand brach in sich zusammen. Er küsste mich nicht nur zurück. Er schlang die Arme um mich und drückte mich sanft an sich, umgab mich mit seiner Wärme und erfüllte mich mit etwas, das ich nicht einmal eine Sekunde lang für Joey empfunden hatte.

Ich fühlte mich sicher. Ich fühlte mich gut. Und ich wollte nicht, dass dieser Moment je endete.

Aber das tat er. Genau wie alle anderen Momente danach.

»Was auch passiert«, bläute mir Mick ein, als er sich auf seinen Posten begab. »Wir brauchen sie lebend, verstanden?«

Ich reckte das Kinn. »Wenn du in Gefahr bist, werde ich sie nicht verschonen«, antwortete ich ziemlich großspurig dafür, dass mir die Knie schlotterten.

»Das solltest du dir noch mal überlegen«, sagte er mit finsterer Miene. »Unser ganzer Plan hängt von ihr ab.« Er verbarg sich hinter einem Schrank, wo ich ihn nicht mehr sehen konnte. Dann wurde es still.

Ich schluckte. »B-bist du so weit?«

»Wenn du es bist.«

Uns war nur eine Methode eingefallen, wie wir Jades oder Gwydions Aufmerksamkeit auf uns ziehen konnten. Zugegeben, sie war nicht gerade idiotensicher, sondern eher idiotisch – aber unsere einzige Chance.

Astralprojektion. Ich hatte sie noch nie selbst angewendet, doch Josie hatte mir nach jener Nacht erzählt, dass es bei ihr ganz automatisch passiert war, als Thomas sie fast umgebracht hatte. Ein Schauer lief mir über den Rücken, als ich daran zurückdachte.

Im Grunde hatte ich meine Seele schon oft von meinem Körper abgespalten: Zum Beispiel, als ich in die Köpfe der Sucher eingetaucht war, um ihre Erinnerungen auszulöschen. Jetzt musste ich dasselbe tun – nur, ohne in einem anderen Bewusstsein unterzugehen. Ich musste mein eigenes aus meiner fleischlichen Hülle herauslösen und ... damit spazieren gehen.

Was dachten wir uns eigentlich dabei? Das war der hirnrissigste Plan, den ich je gehört hatte. Unglaublich, dass er von mir stammte.

Wir hatten keine Ahnung, wo Jade war. Seit sie geflüchtet war, hatten weder Mick noch ich sie gesehen. Vielleicht war sie erschöpft. Vielleicht war sie tot. Aber fest stand, dass Gwydion unmöglich aufgegeben haben konnte. Er war immer noch hinter mir her und wartete nur auf den perfekten Moment, um mich zu überwältigen und mir meine Macht zu nehmen. Schlimmstenfalls war er damit beschäftigt, anderen Cailleacha der sterbenden Welt ihre Kräfte zu rauben, ehe er zu einem neuen Schlag ausholte.

Diese Gelegenheit wollte ich ihm nicht geben. »Ariadne.« Als ich die Augen öffnete, stand ich draußen vor meinem

Haus. Nur, dass ich nicht wirklich dort war. Ich war ein körperloses Wesen, das keine Menschenseele sehen konnte.

Panik stieg in mir auf, aber ich kämpfte sie nieder. *Konzentration, Amber.*

Ich schnappte nach Luft. »Hilfe!«, rief ich, so laut ich nur konnte. »Ich bin verletzt!« Ich hoffte, dass ich nicht zufällig anderen Cailleacha über den Weg lief, die sich Sorgen um mich machen könnten, doch glücklicherweise blieb es still um mich herum. »Hilfe!«

Ich verschwendete keine Zeit. Mit jedem Schritt legte ich mehrere Kilometer zurück. »Kann mich jemand hören?« Ich bewegte mich durch Reading, Wick (Schottland) und Oxford – den drei Orten, an denen Gwydion bestimmt nach mir Ausschau halten würde.

Ich bekam weder von ihm noch von Jade etwas mit. Genauer gesagt reagierte keine Menschenseele auf meine Hilferufe. Danke für nichts, sterbende Welt.

Ich hatte keine Ahnung, ob auf meiner Seelenwanderung Minuten oder Stunden verstrichen, doch irgendwann stieg ein ungutes Gefühl in mir hoch, und ich kehrte in meinen eigenen Körper zurück.

Auf dem Dachboden war es dunkler geworden, was bedeutete, dass die Sonne schon wieder unterging. Wie zuvor war es totenstill. Aber irgendetwas fühlte sich anders an.

Meine Kehle wurde eng. »Mick?«, krächzte ich.

»Ich bin hier«, ertönte seine Stimme hinter dem Schrank, und mein Herz machte einen Sprung. Er war noch da. Es war alles gut.

Ich atmete tief durch, um meinen viel zu hohen Puls zu senken. »Ich bin mir nicht sicher, ob das die richtige –«

Sie erschien ohne Vorwarnung. Plötzlich stand Jade einfach vor mir und verpasste mir einen Schlag ins Gesicht, der meinen Kopf zur Seite riss.

Ich taumelte und stolperte einen Schritt rückwärts, doch sie packte mich an den Haaren und zerrte mich zurück zu sich. Ich schrie auf vor Schmerz und umfasste instinktiv ihr Handgelenk, anstatt einen Zauber zu wirken.

»Codladh«, sagte sie, und wie auf Befehl drohten meine Augenlider herabzusacken.

Mick ließ sich verdammt viel Zeit – aber er kam. Ich spürte einen Ruck an meinen Haaren, als er von hinten einen Arm um Jades Hals schlang.

Sie zischte vor Schreck und ließ mich los. Ich hob den Kopf und sah, wie sich ihr Mund öffnete.

»Ciúin!«, verwendete ich ihren eigenen Zauber gegen sie und brachte sie vorzeitig zum Schweigen.

Aus ihrer Kehle drangen nichts als erstickte Laute. Sie wand sich in Micks Griff. Ihre Fingernägel bohrten sich in seinen Arm, doch er ließ nicht locker.

»Sch«, sagte er leise, während er seinen Arm enger und fester um ihren Hals schlang.

Mit wie wild klopfendem Herzen wich ich zurück und beobachtete, wie Jade ihre Augen immer weiter aufriss. Ihr ganzer Körper spannte sich an, als sich ihr Mund ein letztes Mal öffnete – dann erschlaffte sie plötzlich.

Ohne von ihr abzulassen, zerrte Mick sie in Richtung Pentagramm, sodass ihre Füße über den Dachboden schleiften. »Pass auf die Kreide auf!«, wollte ich ihn zurückhalten, aber er wurde nicht langsamer.

»Wenn du alles richtig gemacht hast, sollte da nichts passieren«, lud er jede Verantwortung auf mich ab und ließ Jade in der Mitte des Pentagramms fallen. Prüfend starrte er auf ihren leblosen Körper herab – während er noch viel zu dicht vor ihr stand.

Plötzlich schoss eine Ladung Adrenalin durch meine Adern, für das ich kein Ventil hatte. »Komm schon!«, zischte ich, als ich mir einbildete, dass sich Jade regte. »Raus da!«

»Jaja«, wehrte er ab und hatte das Pentagramm mit zwei langen Schritten verlassen.

Erleichtert stieß ich die Luft aus meinen Lungen. »Fan anseo«, sprach ich wie Gwydion damals, und die Linien blitzten auf. Damit war Jade gefangen. »Wir haben es geschafft!«, hauchte ich.

Mick zuckte nicht mit der Wimper. »Das war erst der erste Schritt.«

Ich biss mir auf die Unterlippe. Kaum zu glauben, aber das, was jetzt kam, könnte noch viel schwieriger werden als alles, was hinter uns lag.

Der Sucher blieb in nächster Nähe zum Pentagramm stehen, während ich meinen Sicherheitsabstand wahrte. Es dauerte nicht lange, bis das Leben in Jade zurückkehrte. Erst ging nur ein Zucken durch ihren Körper, dann öffnete sie mit einem Stöhnen die Augen, stemmte die Hände gegen den Boden und richtete sich schwerfällig auf. Ihr Blick fiel auf mich – und ihre Miene verdüsterte sich.

»H-hey«, ergriff ich das Wort. »Es ist alles gut. Wir wollen dir nichts tun. Sondern einfach nur wissen, wo Gwydion ist.«

Mick warf mir einen ungläubigen Blick zu. Wahrscheinlich war ich die erste Cailleach, die versuchte, ein vernünftiges Gespräch mit einem Voodoo-Opfer zu führen.

Zögerlich nahm ich den Schweigezauber von ihr. »Du weißt, was er getan hat. Wir wollen einfach nur wieder in Frieden leben. Bitte sprich mit uns.«

Jade starrte mich an. Dann wanderte ihr Blick langsam zu Mick. Ihre Lippen teilten sich, ehe eine einzelne Silbe sie verließ: »Nicholas.«

Er versteifte sich am ganzen Körper. Ich hatte Jade noch nie etwas anderes als Zauber sprechen gehört, aber irgendetwas an ihrem Tonfall gefiel mir jetzt schon ganz und gar nicht.

»Lange nicht gesehen«, fuhr sie mit ungewöhnlich tiefer Stimme fort, »kleiner Bruder.«

Mein Herz setzte einen Schlag aus. Ein winziger, dummer Teil von mir glaubte für einen Moment, dass Jade und Mick verwandt waren – doch dann fiel es mir wie Schuppen von den Augen.

»Gwydion«, stieß ich hervor. Wie tief musste man in einen Voodoo-Zauber verstrickt sein, damit jemand anderes durch einen hindurch sprechen konnte?

Und wie mächtig derjenige, der es tat?

Mick war nicht annähernd so schockiert wie ich. »Das lässt sich leicht ändern«, sagte er schroff. »Wo bist du?«

Jades Lippen verzogen sich zu einem breiten Grinsen. »Glaubst du wirklich, du könntest es mit mir aufnehmen? Ein Fuil Millte wider Willen?«

Mick ballte die Hände zu Fäusten. »Du hast dich zwei Jahre lang versteckt wie ein Feigling. Von dir kann nicht mehr übrig sein als ein Häuflein Elend.«

Auf wackeligen Beinen stand Jade auf. Plötzlich kam es mir so vor, als würden ihre Augen in demselben Blau strahlen wie die von Gwydion. »Nicht doch, Brüderchen«, sagte sie spöttisch. »Im Gegensatz zu dir übe ich mich in Geduld. Ich warte, bis die Sterne günstig für mich stehen. Etwas, womit jemand du nicht seine Zeit verschwenden sollte.«

»Anstatt Reden zu schwingen, könntest du auch herkommen«, knurrte Mick. »Und wir regeln die Angelegenheit wie früher.«

Jade legte den Kopf schief. »Wozu? Selbst wenn du im Vollbesitz deiner Kräfte wärst, könntest du es niemals mit mir aufnehmen.«

Ein harter Zug bildete sich um Micks Kiefer. »Ich lasse es gerne drauf ankommen.«

Jades Miene nahm einen nachdenklichen Ausdruck an. »Weißt du eigentlich, wie die Cailleacha hinter deinem Rücken über dich sprechen? Vermutlich nicht. Schließlich hast du dein halbes Leben *hier* verbracht.« Sie rümpfte die Nase. »In der stinkenden, abartigen sterbenden Welt.«

»Wo bist du?«, fragte Mick tonlos.

»Passend zu dir. Du bist nichts weiter als ein bemitleidenswertes Stück Dreck.«

Abrupt machte er einen Schritt vorwärts. »Wo«, stieß er hervor, »bist du?«

Gwydion legte den Kopf schief und musterte Mick von oben bis unten. »Du bist zu Recht ein Sucher geworden. Einen anderen Platz gäbe es für dich nicht in Wick.«

»Du hast dein ganzes Volk verraten!«, rief Mick aus, und ich zuckte zusammen. Ich hatte ihn noch nie so wütend gesehen.

»Und du hast mich verraten«, zischte Jade. »Dafür werde ich dich töten. Und dann nehme ich mir die Kleine vor.« Abrupt drehte sie den Kopf und starrte mich an. Ein kühles Lächeln umspielte ihre Lippen.

Ich wich einen Schritt zurück, als das kalte Grauen in mir aufstieg.

»Welch traumhafte Dinge ich mit ihr anstellen werde.« Ihre Augen funkelten. »Zuerst werde ich ihr die Kräfte nehmen. Dann ihre Würde. Und dann alles, was noch von ihr übrig ist.«

»Hey!«, rief Mick und machte einen Schritt vorwärts. »Hier spielt die Musik!«

»Sag mir, Amber«, säuselte Jade. »Willst du tanzen?«

Die Wut schoss völlig unvermittelt in mir hoch, und ich ballte die Hände zu Fäusten. »Du!«, sagte ich und machte einen Satz in Richtung des Pentagramms. »Das reicht jetzt!« Ich starrte in Jades seltsam vertraute Augen, und es machte Klick. »Os-«

»Was hast du vor?«, unterbrach mich Mick gehetzt.

»Ich hole mir, was wir brauchen, selbst!«, rief ich aus. »*Oscail!*«

»Amber!«, verblasste Micks Stimme an meinen Ohren, als ich meinen Geist in Jades Richtung ausstreckte.

Ich fand mich nicht in einem Gedächtnis wieder, fand kein Textdokument vor mir, das ich nach Gwydion durchsuchen konnte. Stattdessen fand ich *Gwydion*.

Wir waren im Bull – nur, dass außer uns niemand da war. Nicht einmal eine Bedienung stand hinter der Bar. Es gab nur einen einzigen Tisch. Ich saß auf der einen Seite, Gwydion mir gegenüber. Ich erschrak so sehr, dass ich beinahe rückwärts vom Stuhl gefallen wäre.

Gwydion zuckte nicht mit der Wimper. Er sah genauso aus wie vor über zwei Jahren, als ich ihm zuletzt begegnet war – mit denselben schwarzen Haaren, den durchdringend blauen Augen und dem süffisanten Lächeln, das seine Lippen umspielte. »Amber Nightingale.«

»W-was –« Ich stockte. »Wo sind wir hier?« Ich wollte aufspringen und stellte fest, dass meine Handgelenke an den Stuhllehnen festgekettet waren. Verzweifelt riss ich an meinen Fesseln – vergeblich.

Mit einem Schlag wurde mir klar, dass das mehr als nur eine Einbildung war. Ich befand mich in Gwydions Geist. Ich war freiwillig in ihn gefahren – und jetzt würde er mich nicht mehr gehen lassen.

Sein eisiger Blick brannte sich förmlich in meinen Schädel. »Hast du wirklich geglaubt, du könntest mich überlisten, törichtes Balg? Mich? Gwydion Ainsworth, den mächtigsten Cailleach beider Welten?«

»Du bist nicht der mächtigste!«, spuckte ich aus. »Aber mit Abstand der dümmste!«

Gwydions Mundwinkel bogen sich nach unten. »Ich glaube, du hast nicht die geringste Ahnung, mit wem du hier sprichst.«

In diesem Moment setzten die Schmerzen ein. Sie wurden wie ein Funke in meiner Brust entzündet und explodierten dann wie ein Feuerball in meinem Inneren. Plötzlich war er überall, ich spürte ihn von meinen Haar- bis in meine Zehenspitzen. Flammen.

Ich schrie auf. Ich wollte mich krümmen, mich bewegen, das Feuer, das in meinem Inneren brannte, von mir abschütteln, aber ich konnte mich nicht rühren. Nicht nur meine Hand-, sondern auch meine Fußgelenke waren festgezurrt. Mit aller

Macht rüttelte ich an dem Stuhl, doch plötzlich rührte sich nicht einmal der, als hätte man ihn fest im Boden verschraubt.

Je mehr ich mich wehrte, desto mehr drohte mich meine Energie zu verlassen. Ein einzelner Gedanke zuckte durch mein Unterbewusstsein: War es etwa so weit? Konnte Gwydion meine magische Kraft aus meinem Körper ziehen, ohne dass ich mich auch nur im selben Raum wie er befand? Konnte er sie mir durch meinen Geist entziehen?

Ich wusste es nicht – und ich konnte nichts tun, um es zu verhindern. Der Schmerz nahm ein Ausmaß an, bei dem ich die Kontrolle über mich verlor. Ich begann am ganzen Körper zu beben, Gwydions Antlitz verschwamm vor meinen Augen und wich einer Heerschar aus schwarzen Punkten, die wie wild durch die Luft sausten.

Mick!, wollte ich rufen, doch kein Laut drang zwischen meinen Lippen hervor. Es war, als würden sich die Finger zweier überdimensionaler Hände von hinten um meinen Hals legen und so fest zudrücken, dass mir die Töne darin steckenblieben.

Plötzlich zuckte Gwydions Blick hinter mich.

Mit voller Wucht landete mein Geist in meinem Körper. Ich stolperte rückwärts – und sah, wie Mick einen Satz ins Pentagramm machte. »Nicht!«, schrie ich.

Jade riss den Kopf herum. »Tintreach!«, rief sie und schleuderte einen Blitz auf Mick.

»Cos-« Plötzlich verließ mich all meine Energie. Ich stürzte der Länge nach zu Boden, als mich ein Kickback befiel, wie ich ihn noch nie zuvor gespürt hatte. Obwohl ich nur in meinem Kopf mit Gwydion gekämpft hatte, hatte es mir alles abverlangt.

Der Blitz traf sein Ziel. Ein Ächzen entwich Micks Lippen, aber er hielt nicht einmal inne, sondern verpasste Jade einen Schlag mitten ins Gesicht. Sie taumelte rückwärts.

»Mick!« Meine Stimme war nur schwach. »Geh … weg!« Solange er sich im Pentagramm aufhielt, konnte Jade ihn angreifen.

In diesem Moment besann sich der Sucher eines Besseren. Er machte einen Satz rückwärts –

»Stad«, stieß sie hervor, und er gefror mitten in der Bewegung, ehe er die Distanz zu mir überbrücken konnte.

Micks Augen weiteten sich. Er war gefangen.

Ich riss den Mund auf. »Tei-«

»Fág!«, brüllte Jade und schleuderte ihn quer durch den Raum. Mit einem lauten Knall prallte er gegen den Schrank und stürzte mit ihm zu Boden. Dann regte er sich nicht mehr.

»Mick«, hauchte ich kraftlos, während Jade den Kopf in meine Richtung drehte.

»Und jetzt zu dir.« Ich wusste genau, was mich erwartete, als sie einen Schritt auf den Rand des Pentagramms zumachte.

Mein Kickback. Meine magische Macht nahm mit jeder Sekunde ab und die Erschöpfung zu. Der Zauber – ich musste ihn aufrechterhalten. Um jeden Preis.

»Fan anseo«, stieß ich hervor. »Fan anseo. Ariadne. Fan anseo.« Ich sah doppelt. Meine Sicht flackerte gemeinsam mit der Glühbirne an der Decke und dem dumpfen Schlagen meines Herzens. Für einen Moment war ich mir nicht sicher, ob Jade nicht geradewegs aus dem Pentagramm spazierte.

An seiner äußersten Linie blieb sie stehen. Sie streckte eine Hand aus, wofür sie mit einem Blitz in Richtung ihrer Finger bestraft wurde. Doch sie hielt stand. »Teip«, flüsterte sie. »Teip.«

Eine Eiseskälte schoss durch meine Adern, konnte meinen betäubten Verstand aber nicht aufwecken. »Fan anseo. Fan anseo.«

War das von Anfang an Gwydions Plan gewesen? Dass ich meinen Körper verließ und mit ihm auf einer Ebene kämpfte, auf der ich nicht gewinnen konnte? Damit er mir mit Jades Hilfe den Rest geben konnte?

Ich hatte geglaubt, wir hätten ihm eine Falle gestellt. Aber er war uns einen Schritt voraus gewesen. Schon wieder.

»Fan anseo.« Jedes Mal, wenn ich mehr Energie in den Zauber steckte, verließ er schubweise meinen Körper. Ich konnte die Augen kaum mehr offen halten. Meine Angst und meine Verzweiflung und meine Wut, die mich an jedem anderen Tag belebt hätten, hatten keine Chance gegen den übermächtigen Kickback, der mich nach und nach in die Knie zu zwingen drohte.

Wir hätten den Teufel niemals in dieses Haus lassen dürfen.

»Fan anseo.« Ich redete mir ein, dass alles gut wäre, solange ich nur nicht aufhörte Magie zu wirken. Solange ich nicht aufhörte zu sprechen. Aber ich konnte spüren, wie meine Lippen träger und träger wurden.

Immerhin würde ich nicht mitbekommen, wie mir Gwydion erst meine Kräfte, dann meine Würde und schließlich alles nahm, was noch von mir übrig wäre.

Für einen Moment klärte sich meine Sicht und ich sah, wie Jade mit aller Mühe einen Fuß über die äußerste Grenze des

Pentagramms bewegte. Millimeter für Millimeter, mit einem angestrengten Knurren auf den Lippen. Keine unsichtbare Macht warf sie zurück. Sie prallte nicht einmal gegen eine Wand.

Die blanke Panik machte sich in mir breit – und wurde durch meinen Kickback betäubt. »Fan«, flüsterte ich, »anseo.« Meine Lider sackten ohne mein Zutun herab.

Ich zwang sie noch ein letztes Mal auf und sah, wie Jade auch ihren zweiten Fuß befreite. Sie fixierte mich, und ein kaltes Lächeln breitete sich auf ihrem Gesicht aus. Schnell machte sie einen Schritt auf mich zu, dann einen weiteren.

Gleichzeitig tat sich eine großgewachsene Silhouette hinter ihr auf, etwas Blitzendes in seiner Hand.

Die Schwärze ergriff Besitz von mir.

Das Erste, was mir auffiel, als ich die Augen öffnete, war, dass ich am Leben war. Dann sah ich Micks Gesicht. Mein Herz machte einen Satz, und ich war sofort hellwach.

Ich schnappte nach Luft. »Was ist passiert?« Ich wollte mich aufrichten, aber Mick drückte mich sanft zurück in die Kissen. Wir waren nicht mehr auf dem Dachboden, sondern in meinem Zimmer. »W-wie lange habe ich geschlafen?«

»Zwei Tage«, sagte er ruhig.

Mir wurde heiß und kalt zugleich. »Zwei Tage?«, hauchte ich. »Was …« Meine Gedanken rasten. »Jade … Gwydion …« Ich brachte keinen normalen Satz zustande, aber Mick schien mich auch so zu verstehen.

Fest sah er mich an. »Ich habe sie getötet, Amber.«

Die Welt hörte auf sich zu drehen. Meine Gesichtszüge entgleisten, und ein dumpfes Gefühl machte sich in meinem Inneren breit. »Was?«

Plötzlich erinnerte ich mich. Mick, der sich Jade von hinten genähert hatte, ein Messer aus der Küche in der Hand, das er vor mir verborgen gehabt hatte. »W-wie …?« Ich rappelte mich auf. »Warum hattest du das überhaupt bei dir?«

Mick hob eine Braue. »Als Notlösung, natürlich.«

»Aber …« Ich stockte. »Du hast selbst gesagt, dass sie überleben muss.« Auf einmal fühlte ich mich schwerelos. Weil etwas Schreckliches passiert war. Etwas, das ich nicht rückgängig machen konnte und das uns wieder an den Anfang zurückgeworfen hatte. Wir hatten unseren Plan durchgezogen – und waren doch gescheitert.

»Aber nicht auf deine Kosten«, entgegnete er bestimmt. »Wenn dir etwas zugestoßen wäre …« Sanft strich er mir eine Haarsträhne aus dem Gesicht. »… hätte ich mir das nie verziehen.«

Ich wandte den Blick ab. »Tut mir leid.«

»Was?« Jetzt war Mick baff. »Du hast nichts falsch gemacht.«

»Ich hätte nicht in ihren Kopf sehen dürfen«, entgegnete ich. »Damit habe ich Gwydion in die Karten gespielt.«

Er widersprach nicht.

Ich schluckte. »Wo … ist sie jetzt?«, fragte ich zögerlich, ahnte aber, dass ich die Antwort überhaupt nicht wissen wollte.

»Ich habe mich darum gekümmert«, erwiderte er. »Das ist … auch ein Teil meines Jobs.« Ich war ihm dankbar dafür, dass er mir die Details ersparte.

Ein dicker Kloß hatte sich in meinem Hals gebildet, und eine tiefe Wehmut umklammerte mein Herz mit fester Klaue. »Sie …«, hob ich hilflos an. Ich spürte, dass meine Augen zu brennen begannen, und bemühte mich, nicht zu weinen. »Jade konnte doch nichts dafür.« Ich atmete bebend durch und gab mein Bestes, die Neuigkeiten zu verarbeiten. Konzentrierte mich ganz auf Micks bloße Nähe, die mir in den letzten Tagen so oft die nötige Kraft gegeben hatte, weiterzumachen – und es auch jetzt tat. »Also ...«, flüsterte ich. »Also war alles umsonst?«

»Nein«, antwortete Mick mit fester Stimme. »Das war es nicht.« Er griff in die Tasche seines Kapuzenpullovers und hielt mir dann seine zur Faust geballte Hand hin. Als er sie mit der Handfläche nach oben öffnete, entblößte er ein Paar rot schimmernder Kristallohrringe.

Meine Augen weiteten sich. »Die sind von Gwydion.« Ich sah zu Mick hinauf. »Was sollen wir mit denen anstellen?«

»Weiß ich noch nicht«, gab er zu. »Aber ich habe das Gefühl, dass wir ihm damit schon bald richtig wehtun können.«

Ich umschloss seine Hand mit meinen. »Klingt nach einem verdammt guten Plan.«

Einen Plan, den wir unaufhörlich verfolgten.

Bis Josie zurückkehrte.

ᛞENDE

Glossar

CHARAKTERE

Angela Aguado [Erytheia]: Hohepriesterin der dreifaltigen Göttin

Amber Nightingale [Ariadne]: Josies Zwillingsschwester, Gesegnete der Dana

Atho gehörnter Gott und Hauptgott der Schwarzmagier

Dana dreifaltige Göttin und Hauptgöttin der Weißmagier

Fiona Nightingale [Thalia]: Josies und Ambers ältere Schwester

Gwydion Ainsworth [Asmodis]: Oberhaupt des Tribunals von Wick

Jade Murphy Schwarzmagier und gesuchter Verbrecher in Wick

Josie Nightingale [Dana]: Ambers Zwilling, Gesegnete der Dana

Mick Ainsworth [Lazarus]: Sucher; Gwydions Bruder; Fionas Freund aus Kindertagen

Richard Nightingale [Jasper]: Josies, Ambers und Fionas Vater, gestorben

Rowena [Morax]: Agathas Schülerin, gestorben

Russell Harris [Percival]: Thomas' Vater

Thomas Harris [Lysander]: Junger Schwarzmagier aus Adria und Rowenas bester Freund

Wren Merrick [Arawen]: Hohepriester des gehörnten Gottes

KLEINES IRISCH-LEXIKON

A

Aisghabháil – Genese

C

Cailleach (Pl. *Cailleacha*) – Hexe

Ciúin – still

Codladh – Schlaf

Cosaint – Schutz

Cumasach (Pl. *Cumasacha*) – Begabte(r)

D

Déan dearmad ar an olc – Vergiss das Schlechte

Dofheicthe – unsichtbar

Draíocht bhán – Weißmagie

E

Éan (Pl. *Éin*) – Vogel

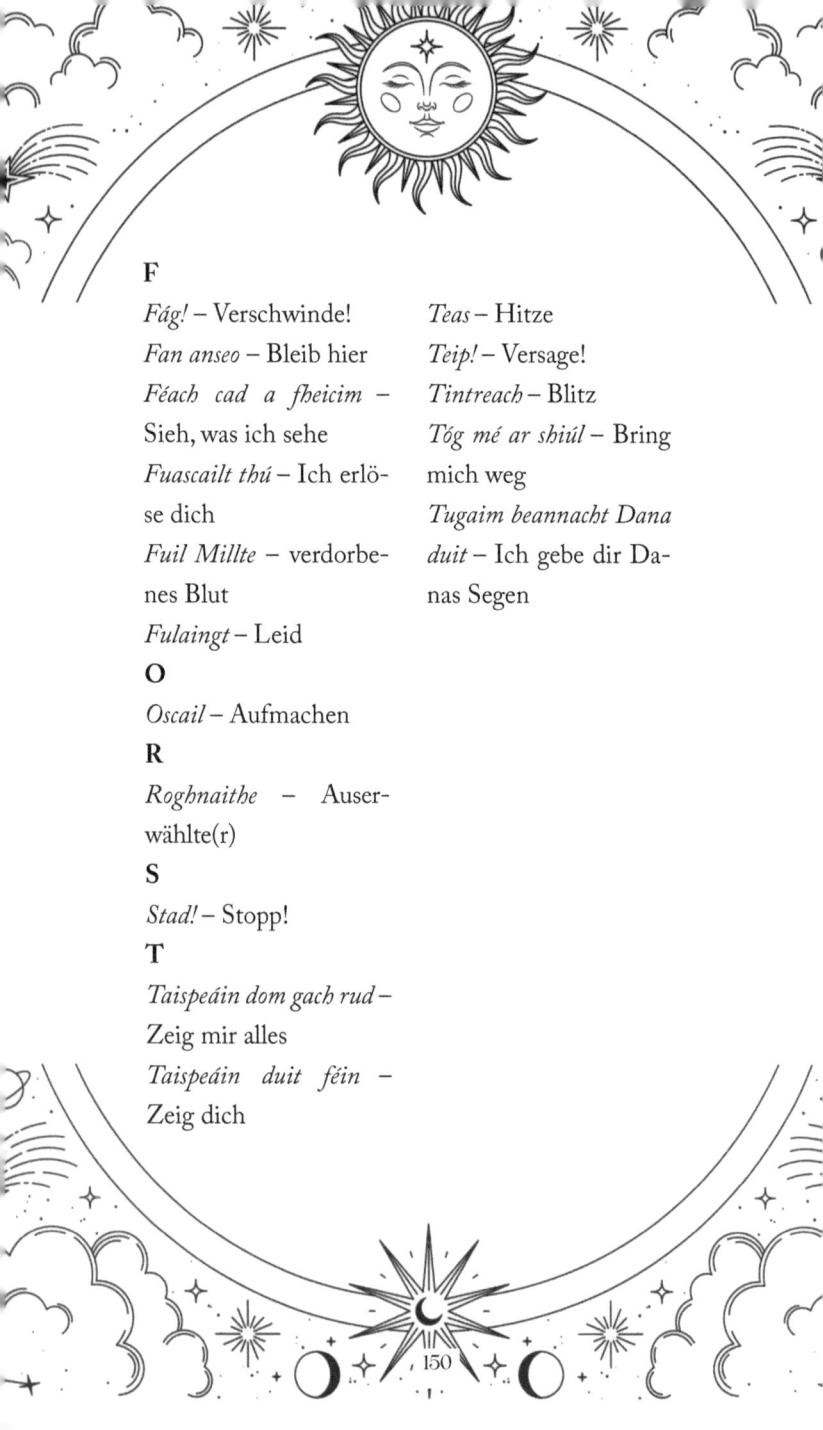

F

Fág! – Verschwinde!

Fan anseo – Bleib hier

Féach cad a fheicim – Sieh, was ich sehe

Fuascailt thú – Ich erlöse dich

Fuil Millte – verdorbenes Blut

Fulaingt – Leid

O

Oscail – Aufmachen

R

Roghnaithe – Auserwählte(r)

S

Stad! – Stopp!

T

Taispeáin dom gach rud – Zeig mir alles

Taispeáin duit féin – Zeig dich

Teas – Hitze

Teip! – Versage!

Tintreach – Blitz

Tóg mé ar shiúl – Bring mich weg

Tugaim beannacht Dana duit – Ich gebe dir Danas Segen

ANNIE WAYE

WITCHES OF WICK

DAS BUCH DER VERLASSENEN

ROWENAS GESCHICHTE

1.

Das Leben ist schön

Dies war das Ende meiner Kindheit. Wenn *Wicka* dreizehn wurden, verbrachten sie häufig ein paar letzte entspannte Tage mit ihrer Familie. Sie erschufen wunderschöne Erinnerungen, die sie für immer in ihren Herzen bewahren konnten.

Mein Geburtstag war noch keine Woche her. Das war der Grund, weshalb wir diesen Tag am Strand genossen: meine Eltern, meine Schwester und ich. Ich war nun dreizehn Jahre alt und wusste, dass dieses Leben schon bald ein Ende finden würde. Meine Zeit war endlich gekommen.

Ich saß am äußersten Rand des Ufers, sodass die sanften Wellen das Wasser beinahe bis an meine nackten Zehenspitzen trieben. Ich hatte die Arme um die Knie geschlungen und starrte in die weite Ferne. Es war Sommer und die Mittagssonne stand hoch am Himmel. Eine leichte Brise wehte durch meine roten Locken und brachte meine Haut zum Kribbeln. Meine Familie kam jedes Jahr mit mir hierher, weil meine Schwester und ich das Meer liebten – und vielleicht auch, weil dieser Ort meine Eltern an ihre Heimat erinnerte.

»Weißt du«, ertönte Dads Stimme in meinem Rücken. »Auf der anderen Seite des Portals erzählt man sich von einem Mann, der es geschafft hat, mit Gottes Hilfe das Meer zu teilen.«

Meine Augen weiteten sich. »Wirklich?« Ich stutzte. »Warum hätte er das denn tun sollen?«

»Na, um durchzumarschieren, natürlich!« Dad kniete sich neben mich und formte eine Schale mit den Händen, um etwas Salzwasser darin einzufangen. »Er hatte kein Boot und musste einen ganzen Haufen Menschen auf die andere Seite des Meeres bringen.« Als er sich zu mir umwandte, erhaschte ich einen Blick auf die wenigen Sommersprossen, die genau dort sein Gesicht bedeckten, wo es sein roter Vollbart nicht tat. »Und wie sagt man so schön? Not macht erfinderisch.« Er murmelte seinen spirituellen Namen, bevor er seine Hände auseinanderzog – und das Wasser blieb, wo es war. Als eine einzige, riesige Blase schwebte es in der Luft zwischen uns, waberte wild hin und her und spaltete sich schließlich in der Mitte.

Ein Lächeln stahl sich auf meine Lippen, als ich mir vorstellte, wie ein einzelner Mann nicht nur eine Handvoll Wasser, sondern einfach alles davon teilte – so weit das Auge reichte. »Was ist auf der anderen Seite des Meeres?«

Mein Vater stockte. »Das … ist eine gute Frage.« Er ließ den Blick in Richtung Horizont schweifen – dorthin, wo sich das Blau des Wassers in dem des Himmels verlor. »Drüben – da, wo ich herkomme –, hätte ich dir darauf antworten können. Aber hier in Wick …« Er zuckte die Achseln. »Vielleicht wollen wir ja gar nicht wissen, was dort ist. Womöglich endet die Welt dort hinten einfach. Wer weiß das schon so genau?«

Ich wusste, worauf er hinauswollte – schließlich hatte jeder von uns schon einmal eine Karte von Wick gesehen. Für meine Eltern war es nur eine kleine Insel, aber für mich war es die ganze Welt, die ich kannte. Mum und Dad waren nicht von hier. Sie stammten von einem anderen Ort, der hier nur *die sterbende Welt* genannt wurde. Sie war dem Untergang geweiht, früher oder später. Einige Einwohner von Wick, die sich Sucher nannten, hatten es sich zur Aufgabe gemacht, unseresgleichen in der sterbenden Welt aufzuspüren und ins sichere Wick zu bringen, bevor sie auf der anderen Seite ins Verderben stürzen konnten.

So waren meine Eltern hierhergekommen. Sie hatten früher in einem Land namens Irland gelebt, und wenn es nach meiner Mutter ging, waren unsere Namen die irischsten, die man sich hätte aussuchen können. Allen voran meiner: Rowena.

»Könnte jemand auch dieses Meer teilen?«, dachte ich laut. »Und dann bis auf die andere Seite gehen?«

Dad lachte. »Kein Cailleach wäre jemals dazu in der Lage. Wahrscheinlich nicht mal ein ganzes Heer davon.« Er wedelte mit den Händen und ließ die beiden Wasserblasen zurück in Richtung Meer schweben, wo sie sich mit ihm vereinten.

Cailleach. Hexe. Ich hatte schon immer gewusst, dass ich eine war – so wie alle anderen in Wick –, und doch fühlte es sich noch nicht so an, als hätte ich diesen Titel wirklich verdient.

Aber das würde sich schon bald ändern. Ich würde getauft werden, würde erfahren, welche Art von Magie in mir schlummerte, und würde einem Lehrmeister zugeteilt werden, der mir zeigen würde, wie ich meine Kräfte benutzte. Ich würde einem Zirkel beitreten und mein Elternhaus verlassen. Ich würde erwachsen werden.

»Du bist!«, krächzte Ciara plötzlich neben uns und stupste Dad in die Seite.

»Hey!« Lachend wirbelte er zu ihr herum, aber da war sie auch schon losgerannt. Meine kleine Schwester war gerade groß genug, um nicht mehr über ihre Stummelbeine zu stolpern, wenn sie sich von Dad über den Strand jagen ließ. Sie hatte dieselben flammend roten Haare wie der Rest von uns, dieselben grünen Augen – und so, wie es aussah, auch dasselbe ungezügelte Temperament. Im Vergleich zum Rest meiner Familie war ich noch die Ruhe in Person.

»Alles in Ordnung?« Während mein Dad damit beschäftigt war, Ciara fliegen zu lassen – und zwar wortwörtlich –, trat meine Mum neben mich. Sie trug ein wallendes grünes Kleid, das ihr bis über die Knöchel ging, sodass ihre Sandalen kaum zu sehen waren. »Du bist so still heute.«

»Ach.« Lächelnd schüttelte ich den Kopf. »Ich denke nur nach.«

»Okay.« Sie ließ sich neben mir nieder und zog genau wie ich die Knie an. »Möchtest du diese Gedanken vielleicht mit mir teilen?«

Alle sagten immer, ich wäre meiner Mutter wie aus dem Gesicht geschnitten. Unter den älteren Bürgern von Adria – der Stadt, in der wir lebten –, kam es häufig vor, dass ich aus Versehen mit *Saoirse* angesprochen wurde. Sogar unserem Hohepriester war das mal rausgerutscht, und ich glaubte, es war ihm bis heute peinlich.

Ich senkte die Lider und atmete tief ein. »Ich hab mich nur gefragt, ob wir weiter hierherkommen können. Auch nach meiner Taufe, meine ich.«

»Warum sollten wir das denn nicht tun können?«, fragte Mum verwundert.

»Na ja …« Ich öffnete die Augen und blickte aufs Meer hinaus. »Ich werde von zu Hause ausziehen müssen. Und bei meinem Zirkel wohnen. Und wenn ich erst einmal mit dem Training angefangen habe, dann werde ich bestimmt –«

»Rowena.« Sie legte ihre Hand auf meine, und ich konnte nicht mehr anders, als sie direkt anzusehen. In ihren Augen lag ein wissender Ausdruck, als ahnte sie, wie ich mich gerade fühlte. Sie war zehn Jahre alt gewesen, als sie nach Wick gekommen war – und damals hatte sich einfach alles für sie verändert. Sie musste noch unsicherer gewesen sein, als ich es jetzt war. »Viele Dinge werden sich verändern«, lenkte sie ein. »Aber die meisten davon werden gute Veränderungen sein. Und alle anderen stehen wir gemeinsam durch.« Sie lächelte. »Was unsere Strandausflüge betrifft: Wir können immer noch hierherkommen, wann immer und so oft du willst. Und was deinen Vater betrifft« – sie kicherte leise – »will er bestimmt auch nicht auf seine beste Bedienung verzichten.«

Ich musste grinsen. »Ohne mich kann er den Schuppen zumachen!«

»Siehst du?« Sie strich mir eine Haarsträhne hinters Ohr. »Kein Grund zur Sorge. Es wird alles so kommen, wie es soll.«

Ihre Worte würden mich noch lange begleiten. Vor allem an Tagen, an denen ich einfach nicht glauben konnte, dass der Verlauf der Dinge wirklich das sein sollte, was die Götter für mich vorgesehen hatten.

2.

Morax

Zwei Wochen später war es so weit. Zwei Wochen, in denen ich mehrere Tage mit meiner Familie am Strand verbracht, mit Ciara Sandburgen gebaut und Schmutz von den schönsten Muscheln gewaschen hatte, um sie als Souvenirs mit nach Hause zu nehmen. Zwei Wochen, in denen meine Nervosität immer größer geworden war. Meine Albträume schlimmer. In denen ich immer öfter schweißgebadet aufwachte, mit wie wild klopfendem Herz und einer Vorahnung im Hinterkopf, die ich nicht genau erfassen konnte, die mir jedoch die Kehle zuschnürte.

Es würde sich einfach alles verändern. Und ich wusste nicht, ob ich bereit dafür war.

Zumindest war ich nicht allein – die eine Sache, der man sich in Wick stets sicher sein konnte. Die Taufe fand mehrmals im Jahr statt, sodass man möglichst viele Dreizehnjährige in einem Aufwasch abfertigen konnte. Die meisten anderen waren genau wie ich in Wick geboren worden und lebten schon immer in Adria. Wir kannten uns wie Geschwister, weshalb es auch selbstverständlich war, dass wir einander abholten. Als ich am Vormittag vor meiner Familie das Haus verließ, hatte sich bereits eine kleine Traube Caileacha auf der Straße angesammelt und wartete geduldig darauf, dass sich ihnen weitere anschlossen – darunter andere Dreizehnjährige und ihre Familien, ihre Freunde. Es dauerte nicht lange, bis ich ein paar vertraute Gesichter darin erspähte.

»Hey!« Ich grinste und sprang die zwei Stufen vor unserem Hauseingang herunter. »Thomas, Zelda!«

Die beiden wandten sich zu mir um und lächelten mir entgegen. Zelda Schmitt war ein paar Jahre älter als ich, mit rotblonden Haaren, sodass sie als meine große Schwester durchgehen könnte. Sie trug immer die schönsten Kleider, bei denen alle anderen Menschen um sie herum regelmäßig zu verblassen drohten.

Thomas Harris hingegen war wie die Nacht zu ihrem Tag. Er war in meinem Alter, mit rabenschwarzem Haar und einem Faible für Kleidung aus der sterbenden Welt. Er trug immer diese seltsamen blauen Hosen und kurzärmlige schwarze Shirts – egal, zu welcher Tages-, Nacht- oder Jahreszeit. Seine Mutter war gestorben, als er noch klein gewesen war, und sein Vater schleppte ihn regelmäßig in die sterbende Welt, weil er dort irgendein Geschäft mit Häusern aufgezogen hatte, das ihn auf beiden Seiten reich machte. Thomas war allerdings verdammt gut darin, sich nie anmerken zu lassen, dass er aus einem der besseren Häuser stammte.

»Na, du?«, begrüßte mich Zelda fröhlich. Sie war jeden Tag gut aufgelegt, wobei sie heute auch keinen Grund hatte, angespannt zu sein: Sie war schließlich längst getauft und in den Lebensabschnitt übergetreten, den Thomas und ich noch vor uns hatten. »Bist du auch schon so aufgeregt wie unser kleiner Held hier?«

»Ich bin nicht aufgeregt«, brummte er. »Warum auch? Die Taufe ist doch nur eine Formalität.« Er versuchte wirklich gut, es zu überspielen, aber ich konnte ihm anhören, dass er nervös war.

Ich blieb vor ihnen stehen und musterte sie kurz. Keiner von beiden hatte sich für heute besonders in Schale geworfen: Zelda nicht, weil sie immer umwerfend aussah, und Thomas trug dasselbe Outfit wie sonst auch. Auf einmal kam ich mir in dem langen, schwarzen Kleid, das mir meine Mum für den Anlass genäht hatte, overdressed vor. »Er hat recht«, pflichtete ich ihm bei. »Es wird keine großen Überraschungen geben. Schwarzmagierblut ist Schwarzmagierblut«, fügte ich achselzuckend hinzu. Thomas' und meine Eltern waren allesamt Schwarzmagier. Wir konnten uns nicht sicher sein, dass Magie wie Haarfarben vererbt wurde, aber zumindest war es ein ziemlich zuverlässiger Anhaltspunkt. Eigentlich.

»Na ja«, hob Zelda gedehnt an. »So was in der Art haben sie sich damals bei Magnus Nightingale bestimmt auch gedacht.«

Ich schüttelte mich. Auch viele Jahrzehnte später war der Name dieses Verbrechers noch in aller Munde. Als er mit dreizehn getauft worden war, hatte er sich als Schwarzmagier entpuppt – in einer weißmagischen Familie. Diese hatte ihn verstoßen, und er war endgültig vom rechten Weg abgekommen. Brandstiftung, Totschlag, versuchter Mord. Die Liste seiner Vergehen hatte kein Ende genommen. Aber bevor er seiner gerechten Strafe hatte zugeführt werden können, war er in die sterbende Welt geflohen.

War wahrscheinlich auch besser so. Sollte er eben mit dieser Welt untergehen.

»Kommst du nur mit, um uns Angst zu machen?«, fragte Thomas scharf.

»Hab dich nicht so!« Grinsend hob Zelda die Hände. »Ich bin euer emotionaler Beistand.«

Er grunzte. »Was würden wir nur ohne dich tun?«

»Sind wir alle?«, rief jemand auf der anderen Seite der Traube, und wir setzten uns langsam in Bewegung. Als ich den Kopf drehte, entdeckte ich meine Eltern, die sich mit Thomas' Dad und ein paar anderen Erwachsenen unterhielten. Sofort wünschte ich mich an ihre Seite. Andererseits würde ich auch den restlichen Tag allein durchstehen müssen.

Adria war die Hauptstadt und die größte Stadt von Wick. Hier gab es alles, was das Herz begehrte: Viele Geschäfte, die Schänke meines Vaters, in der gefühlt ganz Wick Abend für Abend zusammentraf, eine Bibliothek, in der das Wissen der Cailleacha über Jahrhunderte hinweg bewahrt wurde, den großen Stadtplatz, an dem ständig Märkte und Feiern abgehalten wurden, Schmiede, Schuster, Schneider, mehrere Höfe am Rande der Stadt, und und und … Die Stadt war riesig, aber gerade noch groß genug, dass man die meisten anderen Bewohner zumindest vom Sehen kannte. Meine Eltern und Thomas behaupteten jedoch regelmäßig, dass die sterbende Welt noch viel größere Städte beherbergte, und ich erschauderte beim bloßen Gedanken daran.

Die Luft war voll von unterschiedlichsten Gerüchen: Hier und da schnappte ich Noten von Gewürzen, Kräutern und Weihrauch auf, dann stieg mir der Duft von frischgebackenem Brot in die Nase, und wenn der leichte Wind in die falsche Richtung abdrehte, war vielleicht auch mal ein Hauch von Pferdemist dabei. Die Sonne stand hoch am klaren, wolkenlosen Himmel, und ich stellte mir vor, wie der gehörnte Gott, dessen Symbol sie war, in diesen Sekunden auf uns herabblickte.

»Und?«, fragte Zelda beiläufig. »Habt ihr euch schon eure spirituellen Namen ausgesucht?«

Ich straffte die Schultern. »Die vorher zu verraten, bringt doch Unglück!« Während wir unser Leben lang die Namen trugen, die uns unsere Eltern gegeben hatten, wurden wir heute auf unsere selbstgewählten spirituellen Namen getauft. Unsere ganze Kindheit über wurden wir ständig mit Geistern, Dämonen und höheren Wesen konfrontiert, die die Geschichte von Wick geprägt hatten. Es war gang und gäbe, einen ihrer Namen zu wählen – den Namen einer Kreatur, die mächtiger war als man selbst und von deren Kraft man zehren konnte, wenn die eigene nicht ausreichte.

»Ich bin doch nur neugierig.« Nachdenklich blickte sie in Richtung Himmel. »Ich weiß noch, am Tag meiner Taufe. Ich hatte echt Schiss davor, dass sich jemand denselben Namen wie ich ausgesucht hat. Ich meine, wie peinlich wäre das denn gewesen?«

»Ach, das wäre doch nicht das erste Mal gewesen«, winkte Thomas ab. »Kennt ihr die McKenzie-Familie? Die tragen alle denselben spirituellen Namen. Weil er von ihrem Hausgeist kommt oder so.«

»Von ihrem Schutzpatron«, warf ich ein. So etwas hatten nur Familien, die schon seit vielen Generationen in Wick lebten. Thomas' und meine gehörten nicht dazu.

Adria um uns herum erwachte allmählich zum Leben. Das Klackern von Hufen ertönte in einiger Entfernung auf dem Kopfsteinpflaster, irgendwo über unseren Köpfen wurde ein Fenster aufgerissen, Stimmen erfüllten unsere Umgebung. »Viel Spaß!«, rief uns ein Mann zu, der unsere Gruppe passierte, und auf einmal schlug mein Herz schneller in meiner Brust. Das hier war ein besonderer Tag. Vielleicht sogar der wichtigste unseres Lebens. Nicht zuletzt, weil das ganze Tribunal anwesend wäre!

Das Tribunal verwaltete die Cailleacha von Wick und führte uns auch irgendwie an. Es bestand aus einem dreizehnköpfigen Gremium aus Schwarz- und Weißmagiern, das über Recht und Unrecht entschied. Das imposante mehrstöckige Gebäude, in dem das Tribunal regelmäßig tagte, befand sich im Stadtkern von Adria an der Kopfseite des Stadtplatzes – dorthin waren wir unterwegs.

Im Südwesten der Stadt prangte ein riesiger schwarzer Tempel, in dem der Hohepriester Wren lebte, arbeitete, betete. Ich hatte mir mein Leben lang ausgemalt, wie es wäre, dort getauft zu werden – aber leider war das Glück nicht auf meiner Seite. Um das Gleichgewicht zu wahren, wurden die Taufen abwechselnd im Schwarzen Tempel und im Weißen Raum abgehalten. Letzterer war genauso unspektakulär, wie er sich anhörte. Offenbar hatten die Weißmagier bisher nicht das Budget gehabt, um einen Tempel für die dreifaltige Göttin zu errichten – oder vielleicht war Dana auch einfach nur so unglaublich bescheiden, dass sie mit einem schmucklosen

Raum vorliebnahm, während der gehörnte Gott in einem Ungetüm von Gebäude angebetet wurde.

Die Sonne knallte förmlich auf den Stadtplatz, als wir auf das Tribunalsgebäude zugingen. Die Wachleute öffneten schon großzügig vorher die beiden großen Flügeltüren. Mein Puls schoss in die Höhe, während ich hinter Thomas und Zelda nach drinnen trat und die Wärme von draußen einer angenehmen Kühle wich.

Der Eingangsbereich des Tribunalsgebäudes war gleichzeitig der imposanteste Raum davon. Der graue Boden und die hellen Wände erweckten einen freundlichen, aber auch ernsten Eindruck. Letztere waren links und rechts von uns mit riesengroßen Porträts übersät, die die dreizehn Tribunalsmitglieder zeigten. Die wichtigsten davon: Niall, das Oberhaupt der Weißmagier und einer der begehrtesten Junggesellen von Adria; Agatha, das Oberhaupt der Schwarzmagier und eine der gruseligsten Bewohnerinnen von Wick – und natürlich Gwydion, Vorsitzender des Tribunals und ein sehr begabter Weißmagier.

Wann immer ich die Eingangshalle betrat, stieg die pure Ehrfurcht in mir auf – nicht zuletzt, weil man den Porträts kleine Kristallsplitter als Augen eingesetzt hatte, die gefährlich funkelten, sobald man ihrem Blick begegnete. Heute würden sich allein meinetwegen (und der anderen Kinder wegen) die wichtigsten Persönlichkeiten von Wick in einem Raum zusammenfinden. Ich fühlte mich so besonders wie noch nie in meinem Leben zuvor und hoffte gleichzeitig, dass es nicht das letzte Mal wäre, dass ich in den Genuss einer solchen Ehre kam.

Am Ende der Halle wanden sich zwei geschwungene Treppen nach oben, und von dort aus war es nicht mehr weit bis zum Weißen Raum.

Wir wurden bereits erwartet: Alle Tribunalsmitglieder standen links und rechts in zwei Reihen versammelt, während ihr Oberhaupt Gwydion am Ende des Raumes postiert war, die Schultern gestrafft und mit einem warmen Lächeln im Gesicht. Flankiert wurde er von den beiden Hohepriestern, Wren und Angela. Die beiden würden die Taufe übernehmen.

»Willkommen, willkommen«, begrüßte uns Gwydion und bedeutete den Dreizehnjährigen und ihren Angehörigen, ihre Plätze einzunehmen. Ich hatte ihn als umsichtigen, eleganten Mann kennengelernt, dessen Kleidung stets faltenfrei und dessen Schultern stets gestrafft waren. Sogar seine dunklen Haare und sein leichter Bartwuchs sprachen von einer Würde, die andere Cailleacha nicht einmal in ihren wildesten Träumen innehatten. Kein Wunder, dass er den höchsten und wichtigsten Posten in ganz Wick erhalten hatte.

Während Thomas und ich vortraten, blieb Zelda mit unseren Familien zurück, die sich im hinteren Bereich des Raumes verteilten. Dieser war fast vollkommen leer und strahlend hell, auch wenn die Wände dringend einen neuen Anstrich benötigten. Hinter Gwydion und den Hohepriestern befand sich ein kleiner Altar, der Dana gewidmet war – die dreifaltige Göttin und höchste Gottheit der Cailleacha. Gleichzeitig war sie die Hauptgöttin der Weißmagier, während ihr Gegenstück Atho, der gehörnte Gott, der meistens nur als Schatten mit Hörnern und glühend roten Augen dargestellt wurde, als Hauptgott der Schwarzmagier galt.

Die ewigwährende Geschichte unserer Götter war simpel und doch irgendwie schräg. Im Verlauf des Jahres entwickelte sich Dana von der Jungfrau zur Mutter zur Greisin. Der gehörnte Gott war ihr Sohn und ihr Mann, der jedes Jahr aufs Neue starb und wiederauferstand. Gemeinsam bildeten sie nicht nur den Kreislauf unserer Existenz, sondern auch unsere Jahreszeiten und den Inbegriff unserer Magie. Wir alle glaubten fest daran, dass sie existierten – schließlich waren sie der Grund dafür, dass es uns und unsere Welt gab. Doch wann immer jemand behauptete, einen von beiden mit eigenen Augen gesehen zu haben, wurde er für einen Lügner oder Spinner gehalten. Manchmal wussten die Leute einfach nicht, was sie wollten.

»Ich freue mich, dass wir alle uns an diesem Tage hier eingefunden haben«, sprach Gwydion förmlich, während die Türen lautlos hinter uns geschlossen wurden, »um das wohl wichtigste Ereignis im Leben eines jeden Cailleach zu feiern.«

Wir waren sechs Dreizehnjährige und hatten uns in einer Reihe aufgestellt, Thomas rechts von mir, alle anderen links. Manche von uns waren genauso locker gekleidet wie sonst auch, andere hatten sich in ihre Sonntagskleidung geworfen, die sie sich vor der Aftershow-Party in der Schänke meines Dads wahrscheinlich wieder vom Leib reißen würden. Ich selbst bereute meine Klamottenwahl inzwischen: Das Kleid meiner Mum fühlte sich auf einmal echt eng an.

»Heute werdet ihr nicht nur erfahren, welche unserer Gottheiten euch auserwählt hat. Ihr werdet auf euren spirituellen Namen getauft und könnt euch vollends in das System eingliedern. Ihr absolviert eure Lehre bei einem

Mentor, beweist euch einem Zirkel, findet eine zweite Familie – und beginnt ein neues Leben.« Gwydion lächelte in die Runde. »Dies ist ein Tag, den ihr niemals vergessen werdet.« Er lachte in sich hinein. »Ich weiß noch, wie nervös ich bei meiner Taufe war, und ich kann euch ansehen, wie aufgeregt ihr seid. Deshalb wollen wir der Sache keinen weiteren Aufschub gewähren.« Er blickte die Hohepriester an. »Nicht wahr?«

Die beiden könnten unterschiedlicher nicht sein. Während Angela mit ihrer kleinen Statur, ihren grauweißen Haaren und ihrem immersanften Lächeln wie die Vorzeigeoma wirkte, war Wren im Alter meiner Eltern, mit dunklen Haaren und einer in Stein gemeißelten Miene. Dass er stets in die pechschwarze, goldbestickte Robe des Hohepriesters gekleidet war, machte sein düsteres Aussehen perfekt. Jeder in Wick hatte den größten Respekt vor ihm, und jeder zweite wahrscheinlich sogar ein kleines bisschen Angst. Ich gehörte nicht zu dieser Gruppe – weil ich ihn auf andere Weise kannte als der Rest von uns.

Menschen wie Thomas sahen Wren an jeder Schwarzen Messe: Gebetsstunden zu Ehren von Atho, die jeden Sonntag im Schwarzen Tempel abgehalten wurden. Aber ich bekam ihn deutlich öfter zu Gesicht, und zwar nicht annähernd so formell. Schon als ich ein kleines Kind gewesen war, hatte mich meine Mum immer wieder mitgenommen, wenn sie Wren besucht hatte. Sie kannten sich von früher, und auch wenn er mein Hohepriester war, gehörte er inzwischen wie ein entferntes Familienmitglied zu meinem Leben dazu. Ein Teil von mir hoffte, dass sie ihn zu meinem Mentor machen würden. Auch wenn ich wusste, dass Hohepriester normalerweise nicht die Ersten waren, die man dazu auserkor – die hatten schließlich schon genug zu tun.

Jetzt allerdings käme erst einmal der schmerzhafte Teil der Taufe. Oder: Der Part, an dem wir offiziell herausfanden, welche Art von Magie in uns schlummerte. Sogar diejenigen von uns, die es ohnehin schon wussten, weil sie die letzten Jahre damit verbracht hatten, Federn zum Schweben zu bringen (Schwarzmagie) oder den Schmerz zu dämpfen, der einem durch die aufgeschürften Knie zuckte, wenn man beim Spielen hingefallen war (Weißmagie).

Angela und Wren begannen am anderen Ende der Reihe, jeder von ihnen mit einer Schale in der einen und einer langen Klinge in der anderen Hand. Gwydion begleitete sie, eine Schatulle herumtragend, in denen sie Knochensplitter aufbewahrten, die angeblich dem gehörnten Gott gehören sollten. Genau: Dem Gott, den niemand je gesehen haben durfte, der uns aber trotzdem irgendwie seine sterblichen Überreste hinterlassen hatte. Total einleuchtend.

Mit der Klinge schlitzten Angela und Wren – die eine supersanft, der andere kurz und schmerzhaft – die Hände der Cailleacha zu meiner Linken auf. Jemand atmete zischend ein, und ich wandte den Blick ab, weil ich nicht sehen wollte, wie sie das Blut des Jungen und des Mädchens in den Schalen auffingen. Ich hörte Angela etwas murmeln und riet, dass sie den Arm des Cailleach heilte, bevor sie weitermachte. Wren hingegen ließ das Mädchen einfach weiterbluten, noch während er einen der Knochensplitter von Gwydion entgegennahm und ihn in das frisch gefüllte Schälchen fallen ließ.

Pechschwarzer Rauch brach aus dem Blut heraus und stob an die Decke, gefolgt von einem Anflug weißen Nebels, der Angelas Schälchen verließ.

Alle Blicke richteten sich nach oben und beobachteten, wie die beiden Farben allmählich blasser wurden, bis sie sich vollends im Nichts verloren. Meine Augen wurden immer größer und mein Herz krampfte sich zusammen beim Gedanken daran, dass dasselbe auch gleich bei mir passieren würde – hoffentlich. Denn andernfalls wäre ich eine *Fuil Millte*. Eine Cailleach ohne nennenswerte magische Fähigkeiten. Die niemals einen Mentor oder einen Zirkel bekommen würde. Die ihr Leben mit niederen Hilfsarbeiten für andere bestreiten müsste. Die niemals unabhängig und frei sein könnte.

»Schwarzmagie, *Roghnaithe*«, fasste Gwydion den Anblick zusammen. »Und Weißmagie, *Cumasach*.«

Ich wechselte einen Blick mit Thomas, der schon fast müde wirkte. Weil er ein Junge war und ich ein Mädchen, konnten wir nicht demselben Zirkel beitreten, aber zumindest, was unsere Freundschaft betraf, war ich mir sicher, dass sich nach heute rein gar nichts ändern würde. Egal, wie verschieden wir auch waren. Er war fest davon überzeugt, ein Cumasach zu sein – genau wie sein Vater. Ein Cailleach mit mittelmäßigen magischen Kräften. Doch ich glaubte daran, dass weit mehr in ihm steckte. Dass er ein Roghnaithe war, ein Begabter, dem alle Türen offenstehen würden.

»Ich taufe dich auf den Namen ...«, drang Wrens gedämpfte Stimme an meine Ohren, und mein Herz machte einen Satz. Mein spiritueller Name. Für einen Moment hatte ich befürchtet, ihn vergessen zu haben. Dabei war er das einzige Wort, das ich bei meiner Taufe aussprechen müsste.

Hilfesuchend warf ich einen Blick über die Schulter. Mum und Dad lächelten mich an. Ciara, die ein ebenso schwarzes Kleid trug wie ich, betrachtete fasziniert den Rauch, der sich über den nächsten Cailleacha an der Decke sammelte, und Zelda wackelte verheißungsvoll mit den Augenbrauen. Ich wurde etwas ruhiger und wandte mich wieder nach vorne. Ich würde das hier schon überstehen.

Doch gleichzeitig fühlte sich das nicht ganz richtig an. Ich kam mir so vor, als würde ich etwas vergessen. Oder mich auf einen Teil von mir versteifen und den anderen völlig außer Acht lassen – obwohl er genauso sehr zu mir gehörte.

Ich war in zweiter Generation in Wick. Meine Eltern stammten von der anderen Seite – einer Welt, die ich noch nie zuvor gesehen hatte. Und wenngleich ich die meiste Zeit über kaum einen Gedanken daran verschwendete, beschwor die Vorstellung, dass ich das womöglich auch nie würde, ein seltsames Brennen in meiner Brust herauf.

Man konnte nicht einfach durch das Portal treten, wann immer man wollte. Um zu wechseln, musste man etwas bei sich haben, das aus der jeweils anderen Welt stammte. Vielleicht musste man dafür auch einen bestimmten Zauber kennen. Aber selbst wenn die Voraussetzungen zutrafen, traute sich so gut wie niemand von uns, überzutreten. Schließlich wussten wir nicht, was uns dort erwartete. Umso mehr bewunderte ich Menschen wie Thomas und seinen Dad, die regelmäßig Abstecher nach drüben machten. Bei ihnen kam einem das fast schon einfach vor …

Ein dicker Kloß bildete sich in meinem Hals, und ich schluckte ihn mit Gewalt herunter, als sich eine vage Idee in meinem Hinterkopf zusammenspann. »Hey, Thomas«, raunte ich. »Hast du neulich nicht gesagt, dass dich dein Dad bald wieder in die sterbende Welt mitnimmt?«

Er nickte, ohne mich anzusehen – als befürchtete er, ihm könnte die schlimmste Strafe widerfahren, wenn er auch nur mit der Wimper zuckte.

Ich zögerte. »Wenn ihr wieder nach drüben reist …« Meine Lippen teilten sich, um weiterzusprechen, aber ich biss mir im letzten Moment auf die Zunge. »… kannst du mir was zum Anziehen mitbringen? So wie das, was du trägst?«

Thomas blickte an sich herab und zuckte die Achseln. »Klar«, raunte er etwas verwirrt. »Kein Problem.«

Ich lächelte, doch gleichzeitig spürte ich einen Stich in meiner Brust, weil das nicht die Frage gewesen war, die ich eigentlich hatte stellen wollen.

Schließlich blieb Angela vor mir stehen – und runzelte die Stirn. »Hm«, sagte sie, bevor sie auch nur auf die Idee kommen konnte, ihre Klinge gegen mich zu erheben. »Nein, lassen wir das lieber.« Damit machte sie einen Ausfallschritt zur Seite – vor Thomas.

Verdutzt beäugte ich sie, und plötzlich konnte mich nicht einmal mehr der zarte Lavendelduft, der von ihr ausging, beruhigen. Was war denn los? War ich ihrer nicht würdig? War bei mir alle Hoffnung verloren? War ich –

In diesem Moment trat Wren vor mich. Erstaunt blickte ich zu ihm hinauf, und zum ersten Mal seit Jahren sah ich, wie sich einer seiner Mundwinkel kaum merklich hob. Er, der Mann, der so gut wie nie lächelte, hatte sich offenbar bei Angela das Recht herausgeschlagen, mich taufen zu dürfen.

Ich brauchte all meine Selbstbeherrschung, um meine gefasste Miene aufrechtzuerhalten. Unwillkürlich dachte ich an diesen einen Tag zurück – ich musste um die sechs Jahre alt gewesen sein –, als wir Wren im Schwarzen Tempel besucht hatten. Ich hatte mich gelangweilt, weil meine Mum und er so lange ins Gespräch vertieft gewesen waren, und es war ihm aufgefallen. Kurzerhand hatte er einen Zauber gewirkt, für den ich ihn heute immer noch bewunderte: Er hatte einen Raben auf seine Hand beschworen. Einen echt aussehenden schwarzen Raben, der über meinem Kopf durch die Luft geflogen war und mir die kühnsten Kunststücke gezeigt hatte. So lange, bis es Zeit gewesen war, Abschied zu nehmen, und er mir nichts, dir nichts verschwunden war. Wann immer wir bei Wren gewesen waren, hatte Wren den Raben wiedererweckt – und zwei-, dreimal hatte er zu Hause auf meiner Fensterbank gesessen und mir kleine Geschenke gebracht.

Dass sich Wren durchgesetzt hatte, mich taufen zu dürfen, bedeutete mir einfach alles. Weil er mir damit den letzten Beweis lieferte, dass er immer über mich wachen würde.

Ich reckte das Kinn. »Hohepriester.« Bereitwillig hielt ich ihm eine Hand hin, die er geschäftig aufschlitzte. Seine Miene war mir so vertraut, dass ich den Schmerz kaum wahrnahm, geschweige denn den Anblick meines Bluts, das in Strömen in eine Schale rann. Plötzlich war meine Nervosität wie weggeblasen. Sämtliche Anspannung fiel von mir ab und kehrte nicht einmal dann zurück, als ein Knochensplitter des Atho in meinem Blut versank.

Eine Explosion aus schwarzem Rauch raubte mir die Sicht. Er war so dunkel und dicht wie bei einem Großbrand, roch aber nach überhaupt nichts, sodass mein Gehirn kaum verarbeiten konnte, was passierte – und es erst begriff, als sich der Rauch schon an der Decke gesammelt hatte, um dort zu verblassen.

»Schwarzmagie. Roghnaithe«, verkündete Gwydion neben ihm, und ich bildete mir ein, dass er einen durch und durch zufriedenen Ton anschlug, Augenblicke, bevor er fortfuhr: »Schwarzmagie. Cumasach.« Thomas.

Wren nickte mir kaum merklich zu. Dann tauchte er zwei Fingerspitzen in mein Blut, das er gleich in zwei ebenmäßigen Strichen auf meiner Stirn verteilen würde. »Nun zu deinem spirituellen Namen.«

Ein leichtes Lächeln umspielte meine Mundwinkel, als ich an den Dämon dachte, der schon in der sterbenden Welt bekannt gewesen war – nicht zuletzt für seine Fähigkeiten in der Astronomie. Er konnte über seine Umgebung hinausblicken. Über das Meer, die Sonne, die drei Monde und die Sterne hinweg. Bis an die Grenzen seiner Welt und noch viel weiter. Ich wollte genau dasselbe tun und wusste, wenn es jemanden gab, der mir die Kraft dazu verleihen könnte, dann war es er: »Morax.«

3.

GRÉINE

In der Schänke meines Dads herrschte wie immer ein heil-loses Durcheinander. Zur Mittagsstunde kamen meistens die ersten Schüchternen vorbei und bestellten sich als Vorwand etwas zu essen, bevor sie anfangen, ein Bier nach dem anderen herunterzukippen. Von Stunde zu Stunde wurden es mehr, und spätestens am Abend gab es kein Halten mehr. Das war meistens auch die Zeit, in der mich mein Dad nach Hause schickte, weil das kein Umfeld mehr war, in dem er seine Tochter wissen wollte. Meine eigene Tauffeier neulich war eine rare Ausnahme gewesen.

Mal sehen, wie lange ich heute bleiben durfte. Schließlich war ich jetzt dreizehn und damit offiziell kein Kind mehr. Auch wenn das nächste Kapitel meines Lebens noch nicht ganz begonnen hatte.

Bei der Taufe war alles glattgegangen und wir hatten bis in die späten Abendstunden gefeiert. Allerdings hatten wir nicht gesagt bekommen, wer unsere Mentoren waren. Das Tribunal hatte sich dafür zurückgezogen und dazu beraten:

Es gab einen gewissen Pool aus mehr oder minder freiwilligen, erfahrenen Cailleacha, die für die jeweilige Art von Magie in Frage kamen. Jetzt, wo feststand, wer von uns Schwarz- und Weißmagier war, würde man uns zuteilen. Dabei gab es zwei entscheidende Regeln: Der Mentor durfte kein Familienmitglied und kein Angehöriger des eigenen Zirkels sein. Letzteres war kein Problem, denn schließlich hatte noch niemand von uns einen Zirkel.

Das wäre die nächste Baustelle für mich. Jeder Cailleach, der etwas auf sich hielt, trat nach seiner Taufe baldmöglichst einem Zirkel bei: Einer Gemeinschaft aus dreizehn Männern oder Frauen, die zusammen lebten, arbeiteten und wirkten. Es war eine neue Familie, mit der man nicht durch Blut, dafür jedoch durch grenzenloses Vertrauen verbunden war, die einen stark machte und mit der man sich gemeinsam gegen alle Bedrohungen verteidigen konnte.

Ich war eine Roghnaithe, was bedeutete, dass ich am besten dran wäre, mich einem Zirkel anzuschließen, der ebenfalls aus Roghnaithe-Schwarzmagierinnen bestand. Aber die waren verdammt wählerisch, und beim bloßen Gedanken daran, mich ihnen beweisen zu müssen, wurde mir übel.

Die Schänke meines Dads mit dem simplen Namen *Gréine* – Sonne – war nicht besonders groß, dafür aber stets prallgefüllt, mit Mobiliar und Menschen gleichermaßen. Der hölzerne Boden und die Wände waren kaum zu sehen unter all den Dingen, die meine Mum manchmal kopfschüttelnd als Krempel bezeichnete: Unzählige, bunt zusammengewürfelte Stühle, die wahrscheinlich nicht nur von unterschiedlichen Zimmermännern in ganz Wick, sondern auch aus der sterbenden Welt stammten. Dazu runde, eckige, hohe und niedrige Tische, teilweise so eng zusammengestellt, dass kein Mensch mit Armen und Beinen darauf Platz nehmen könnte. Die Wände waren restlos zugehängt mit gerahmten Bildern, manche davon kunstvolle, professionelle Porträts, andere nur Gekritzel, das Ciara und ich in den letzten Jahren fabriziert hatten. Dazwischen hingen irische Geldscheine, Briefe, Grüße und Notizen, die Dads Stammkunden nach und nach hinterlassen hatten. Man könnte sagen: Dieser Ort war voller Erinnerungen. Die alten waren hier jederzeit zu sehen – und die neuen wurden Tag für Tag innerhalb dieser Wände erschaffen.

Es war der späte Nachmittag und die Bude brechend voll. Ich schleppte vier überfüllte Krüge mit Bier vom Tresen, hinter dem mein Dad stand, in Richtung eines abgelegenen Tischs. Die meisten Gäste kannte ich mit Vor- und Nachnamen, wusste, wie ihre Kinder, Männer, Frauen und Haustiere hießen, wo sie wohnten und womit sie sich ihr Geld verdienten, das sie hier täglich ausgaben. »Wollt ihr gleich schon mal die nächste Runde bestellen?«, fragte ich die drei Männer am linken Ecktisch, während ich die Krüge mit einem Knall darauf abstellte.

»Kommt drauf an«, brummte einer von ihnen, Alistair war sein Name. »Wie lange brauchst du, um sie zu holen?«

Der Tisch war voll mit Suchern, die normalerweise einen Großteil ihrer Zeit in der sterbenden Welt verbrachten – und es sich nicht nehmen ließen, ihre wenigen Abende in Wick ausgerechnet hier zu verbringen. Wenn ich es richtig mitbekommen hatte, bestand der Job von Suchern nicht aus der puren Action, sondern eher aus Warten, Beobachten, Berichten. Ziemlich langweilig also. »Wie wär's?«, tönte ich deshalb. »Wenn ihr alle ausgetrunken habt, bevor ich wieder da bin, geht die nächste Runde aufs Haus.«

Mehrere Paar Brauen schossen in die Höhe. »Hört, hört!« »Herausforderung angenommen!«

Die Männer hoben ihre Krüge in die Luft und stießen schwungvoll an. Jetzt hieß es: Schnell sein. Ich wirbelte herum und –

Erschrocken zuckte ich zurück. Eine alte, dürre Dame in einem pechschwarzen Kleid ragte vor mir auf und starrte mich finster an. Ihre Augen lagen so tief in ihren Höhlen, dass ich jede Sekunde damit rechnete, sie würden darin verschwinden. »Komm mit mir«, war alles, was sie zu mir sagte. Damit drehte sie sich um und schritt einfach davon.

In dem bunten, lauten Treiben der Schänke kam sie mir vor wie ein Geist. Als würde sie sich in einer Blase bewegen, in der sie von nichts und niemandem um sich herum berührt werden konnte. Fast schon, als würde die Zeit stehenbleiben, bis sie an der Tür angekommen war.

Ein dicker Kloß bildete sich in meinem Hals. Ich warf einen hilfesuchenden Blick in Richtung meines Dads, der mir aufmunternd zunickte. Dann folgte ich Agatha Fox, Oberhaupt der Schwarzmagier im Tribunal von Adria, nach draußen.

4.

Die Prüfung

Sie war es. Sie hatten nicht irgendeine Schwarzmagierin aus dem Pool der mehr oder minder Freiwilligen ausgewählt, sondern sie. Oder hatte sie sich selbst ausgewählt?

Es spielte keine Rolle. Sie war meine Mentorin. Aber die Ehrfurcht betäubte meine Gedanken sogar dann noch, als wir uns schon mehrere Schritte vom Gréine entfernt hatten – zu sehr, als dass ich das Offensichtliche hätte begreifen können.

»Es gibt viel zu tun.« Agathas Kleid war so eng, dass wahrscheinlich sogar meine kleine Schwester gut hineingepasst hätte. Es ließ Agathas Schlüsselbeine frei, die so deutlich aus ihrem Körper heraustraten, dass ich sie am liebsten auf ein Abendessen bei uns zu Hause eingeladen hätte. »Die nächsten vier Jahre werden für dich aus harter Arbeit und Disziplin bestehen. Du wirst dir die Tugenden der Schwarzmagie aneignen und zu einer Cailleach werden, die Wick große Dienste erweisen wird.«

Ich schluckte. »Jawohl, Agatha.«

Wir schritten nebeneinander her durch die Seitenstraße, in der sich das Gréine befand, in Richtung Osten. In Richtung des Schwarzen Tempels?

Vielleicht war sie ja doch nicht meine Mentorin. Vielleicht holte sie mich einfach nur ab und brachte mich zu Wren …

»Eins sollst du wissen«, ließ sie meine Gedanken zersplittern. »Ich verschwende meine Zeit nicht mit Rotzgören, die nicht bei der Sache sind. Die weniger als *alles* wollen. Und die nicht bereit sind, alles zu geben.«

Ich versteifte mich etwas. Was meinte sie damit? Wofür sollte ich alles geben?

»Wenn du zu dieser Kategorie Cailleach gehörst«, warnte sie mich, »sag es mir gleich. Dann endet deine Lehre so schnell, wie sie begonnen hat.«

Ich biss die Zähne zusammen, schwieg.

»Also gut.« Sie blieb stehen, und ich machte es ihr nach. Langsam drehte sie sich zu mir um, und ich drohte unter ihrem strengen Blick zu schmelzen. »Dann würde ich vorschlagen, dass du uns jetzt zum Waldrand bringst.«

Mein Mund wurde trocken. Es war klar, dass sie nicht von einem kleinen Spaziergang sprach. Die Betonung lag auf *jetzt*. Ich stockte. »A-aber wie —«

»Das weißt du bereits.« Sie verengte die Augen. »Du besitzt das Wissen, die Macht und die Sprachkenntnisse. Du brauchst niemanden, der dir beibringt, wie man Magie wirkt. Meine Aufgabe ist es, dir zu zeigen, wie du sie gewinnbringend einsetzt. Doch die Grundlagen dafür müssen von dir kommen.«

Mein Atem ging nur noch flach, und mein Herz begann in meiner Brust zu rasen. Eigentlich hatte sie ja recht. Ich war eine Cailleach, die unter Cailleacha aufgewachsen war. Ich hatte mein ganzes Leben lang tagtäglich anderen Schwarzmagiern dabei zugesehen, wie sie Magie gewirkt hatten. Ich wusste, wie es ging: Erst sprach man seinen spirituellen Namen aus, dann stellte man sich vor, was man tun wollte, und sagte es auf Gälisch. Meine Eltern waren mit begrenzten Sprachkenntnissen nach Wick gekommen, weshalb ich nicht gerade zweisprachig erzogen worden war – aber für einen solchen Zauber sollte es reichen.

Sollte.

Mit strenger Miene hielt mir Agatha eine Hand hin, und mir brach der kalte Angstschweiß aus. War das hier schon meine erste Prüfung? Was würde passieren, wenn ich es nicht schaffte? Würde ich sie enttäuschen?

Obwohl noch andere Leute auf der Straße unterwegs waren, nahm ich niemanden davon mehr wahr. Sogar die Hausfassaden um uns herum rückten in den Hintergrund, als ich Agathas Hand ergriff und hoffte, dass sie nicht spüren konnte, wie feucht meine geworden war. »Morax«, krächzte ich. Dann gab ich mir einen Ruck: »*Tóg mé ar shiúl.*«

Bring mich weg – einer der kürzesten, simpelsten Sätze, die man in dieser Sprache bilden konnte. Bei denen nichts schiefgehen konnte.

Eigentlich.

Im nächsten Moment prallte ich rücklings auf den Boden. Mein Hinterkopf stieß gegen etwas Hartes, und ein Anflug von Schmerz zuckte durch meinen Schädel. Ich riss den Mund zu einem erschrockenen Schrei auf, doch die Landung presste mir die Luft aus den Lungen, sodass nur ein einzelner, erstickter Laut meine Lippen verließ. Eine Schrecksekunde später sah ich Agatha über mir, die geradezu bekümmert auf mich herabblickte. »Das war … keine gänzliche Katastrophe«, urteilte sie über meine Bruchlandung. »Aber wenn du dich einem Zirkel beweisen willst, musst du dich besser anstellen.« Damit schritt sie einfach von mir weg.

Mein Herz machte einen Satz. War's das jetzt etwa gewesen? »W-warte!« Hastig rappelte ich mich auf, tastete prüfend meinen Hinterkopf ab, der auf eine Wurzel geprallt war, und machte einen Schritt auf Agatha zu. »Ich habe vor, mich zu bew-« Ich brach ab. Das war nicht der Tonfall einer Cailleacha, die alles geben wollte. »Ich *werde* mich beweisen.« Ich holte tief Luft. »Das schwöre ich.«

Langsam wandte sich Agatha zu mir um. »Ist das so, ja?« Ein leichtes Lächeln umspielte ihre Lippen. Aber kein so warmes und weiches wie das der Hohepriesterin. Es hatte etwas Kühles, Berechnendes an sich, das mir einen Schauer über den Rücken jagte. »Wollen wir doch mal sehen. Sag mir, Rowena«, hob sie mit hartem Unterton an. »Was weißt du über Dämonen?«

Ein mulmiges Gefühl stieg in mir auf. »Sie haben früher über die sterbende Welt geherrscht«, sagte ich mit rauer Kehle. »Haben die Menschen heimgesucht und ins Verderben geführt. Aber den Cailleacha haben sie sich gebeugt. Als unsere Vorfahren Wick erschaffen haben, haben sie die Dämonen in eine Zwischenwelt gebannt.« Bebend atmete ich durch. »Sie sind dort gefangen und können nur in diese Welt zurückkehren, wenn sie beschworen werden. Dafür brauchen sie einen Wirt –«

»Ja ja, was auch immer«, unterbrach sie mich ungeduldig, obwohl sie doch sicher genau das hatte hören wollen. »Du hast deine Hausaufgaben gemacht. Aber hast du auch nur eine geringste Vorstellung von den Kreaturen, von deren Namen wir unsere magische Macht beziehen?«

Ich befeuchtete meine Lippen. Meine Nackenhaare stellten sich auf, und plötzlich machte sich ein seltsamer Fluchtinstinkt in mir breit. »Worauf willst du hinaus?«

»Du scheinst großen Respekt vor Dämonen zu haben«, las sie in mir wie in einem Buch. »Wahrscheinlich, weil du noch nie zuvor einen gesehen hast.«

Ich blinzelte. »Natürlich nicht! Dämonen zu beschwören, ist verboten! Immer, wenn es jemand getan hat, hat er Chaos über sich selbst und die ganze Welt –«

»Dämonenbeschwörungen«, unterbrach mich Agatha, »sind zu Bildungszwecken immer noch erlaubt.« Sie lächelte ihr grausames Lächeln. »Und du, Rowena, hast noch eine ganze Menge über sie zu lernen.«

Ihre Stimme wurde nahtlos von einem mehrstimmigen Flüstern abgelöst, das von schier überall her an meine Ohren drang. Es jagte mir eisige Schauer über den Rücken, und so gehetzt ich mich auch nach seinem Ursprung umsah, konnte ich rein gar nichts ausmachen. Was war das? Waren Agatha und ich nicht allein? Waren das etwa –

Plötzlich war da noch etwas anderes. Ein Geräusch, das ich schon die ganze Zeit über wahrgenommen hatte, das sich nun aber in den Vordergrund meines Bewusstseins schob – und zwar mit roher Gewalt.

»Was hörst du?«, fragte Agatha lauernd, und allein die Tatsache, dass sie mich darauf ansprach, verriet mir, dass gerade alles nach Plan für sie lief.

Unsicher wankte ich einen Schritt rückwärts. Mein Blick zuckte wie wild hin und her, blieb aber an nichts Vielversprechendem hängen. »E-ein Summen«, presste ich hervor. »Wie von Insekten.«

»Wie von Insekten.« Mit gestrafftem Rücken und der Ruhe weg stand Agatha da und legte langsam den Kopf schief. »Weißt du, Dämonenbeschwörungen können extrem gefährlich sein, wenn die entscheidenden Worte durch die falschen Lippen geformt werden. Aber wenn man ein paar einfache Regeln befolgt, stellen sie keine Bedrohung dar, die ein Mädchen wie du nicht bewältigen könnte.«

Meine Gesichtszüge entgleisten, und erst jetzt begann ich, ein paar der Wortfetzen zu verstehen, die die körperlosen Stimmen um mich herum immer und immer wieder flüsterten. Irische Wortfetzen.

Mein Herz machte einen Satz. »Was beim gehörnten Gott passiert hier?!«

Gönnerhaft breitete Agatha die Hände aus. »Du bist eine Roghnaithe, Rowena. Das hat uns zumindest der Rauch gezeigt. Aber bist du es auch wirklich wert, so genannt zu werden?« Sie ließ den Blick schweifen. »Ein Dämon, der einen Vogel befällt, ist lästig. Einer, der einen Menschen befällt, tödlich. Aber was, wenn er nur in einem klitzekleinen Insekt steckt? Stellt er dann noch eine Gefahr dar?«

Meine Unterlippe begann zu beben. Ich wollte hier weg. Ich wollte nach Hause. Zu meinen Eltern, die mich beschützten. Auf der Stelle. »Ja!«, beschwor ich Agatha. »Ein Dämon ist immer eine Bedrohung!«

Sie nickte bedächtig, sah aber so aus, als hörte sie mir überhaupt nicht zu. »Einer von ihnen wäre keine Herausforderung.

Sogar ein Fuil Millte könnte ihn vernichten – ihn unter seiner Schuhsohle zerquetschen, wenn es sein müsste. Also musste ich mir für dich etwas anderes einfallen lassen.«

Kaum, dass sie geendet hatte, verstummte das Flüstern plötzlich, genau wie das Summen. Es wurde totenstill. Eine Ruhe vor dem Sturm.

Ein Sturm, der im nächsten Augenblick über mich hereinbrach, als ein unförmiger schwarzer Schatten um mich herum in die Höhe schoss – überall um mich herum. Es war wie ein Vorhang aus winzigen Flugwesen, wie ein Wasserfall, der in die falsche Richtung floss, begleitet von einem Surren und Brummen, das so laut und undurchsichtig war, dass mir vom bloßen Geräusch schwindelig wurde.

Mein dreizehnjähriger Verstand kapierte nicht, was vor sich ging. Aber dafür setzten meine Instinkte schlagartig ein. Die Instinkte einer Cailleach.

Drei Dinge waren mir mit absoluter Sicherheit klar. Erstens: Die seltsamen Stimmen hatten gerade hunderte, wenn nicht gar tausende Dämonen in winzig kleine Insekten beschworen. Fliegen, Bienen, Käfer – Schlimmeres. Zweitens: So, wie Agatha gesprochen hatte, waren die Dämonen ganz allein darauf abgerichtet, mich anzugreifen. Mich zu töten. Drittens: Ich musste mich beweisen. Sie würde mir nicht helfen. Wenn ich mich nicht zur Wehr setzte, dann –

Die Insekten trafen hoch über meinen Köpfen zusammen und drifteten dann plötzlich gemeinsam ab, bis sie einen einzigen, dicken Strom aus wie wild schlagenden Flügeln, Stacheln, Zangen bildeten, der geradewegs auf mich niedersauste.

Ich riss den Mund zu einem Schrei auf und machte einen Satz rückwärts. Wirbelte in einer abgehackten Bewegung herum und rannte einfach drauf los. Der schwarze Strom folgte mir auf dem Fuß.

»Agatha!«, kreischte ich und lief, so schnell mich meine Beine nur trugen. Schon nach drei Schritten knickte mein rechter Fuß um, aber ich machte weiter, ignorierte den Schmerz, der durch mein Bein zuckte, und schrie. Ich schrie meine Mentorin an, die kein Problem damit hätte, wenn mich die Dämonen in einem Stück auffraßen. Ich schrie Wren an, der wahrscheinlich keinen Finger gerührt hatte, um mein Mentor zu werden. Ich schrie meine Eltern dafür an, nach Wick gekommen zu sein, sodass ich nicht in der sterbenden Welt hatte aufwachsen können. Und Atho dafür, mich an Danas Stelle erwählt zu haben.

Es half alles nichts. Denn es änderte nichts an meinem Schicksal.

Erst da fiel mir auf, welchen gravierenden Fehler ich begangen hatte. Ich hatte Agatha und mich nicht zum Waldrand gebracht – stattdessen befanden wir uns irgendwo in seinen tiefsten Tiefen. Wohin ich auch sah, erkannte ich nichts als Bäume und die dunklen Schatten, die sie schon jetzt zur Nachmittagsstunde warfen. Schatten, in denen noch mehr Insekten lauern könnten. Insekten, die mich –

Das Brummen in meinem Rücken wurde lauter. Ich spürte einen Luftzug und …

Meine Instinkte ergriffen endgültig die Oberhand. Mit einem spitzen Schrei ließ ich mich auf die Knie fallen, riss die Arme hoch und bedeckte meinen Kopf damit – während der Boden zu meinen Füßen genauso ruckartig in die Höhe schoss wie die Insektenströme zuvor. Ein

Knall ertönte dicht über mir, und im nächsten Moment war ich von Finsternis umhüllt.

Erschrocken hob ich den Blick und sah – nichts. Da war nur Schwärze.

»Du bist eine Schwarzmagierin!«, drang Agathas wütende Stimme gedämpft an meine Ohren. »Du wurdest geboren, um zu kämpfen! Nicht, um dich zu verstecken!«

Meine Hand zitterte wie Espenlaub, als ich sie langsam hob – und gegen einen Widerstand stieß. Es fühlte sich an wie harter Stein oder trockene Erde, die … ich aus dem Boden gerissen hatte, um einen Schutzwall um mich herum zu bilden. Einen, der so eng war, dass ich mich kaum bewegen konnte. Durch den nicht das geringste Licht fiel. In dem es nicht viel Luft zum Atmen gab.

Plötzlich war es, als hätte jemand an einer Kurbel gedreht. An einer Kurbel, die ein Rad beschleunigte, das wiederum einen Prozess in Gang setzte, dessen Ende ich nicht mehr miterleben würde. Von jetzt auf gleich wurde mir kotzübel. Als hätte jemand mit voller Wucht gegen meinen Kopf geschlagen, brannte sich ein wütender Schmerz in meinen Schädel, bis ich in der Finsternis nicht mehr wusste, wo oben und unten war.

Umso deutlicher nagte die Gewissheit an mir, was da draußen war. Und dass ich hier drinnen nicht ewig vor ihnen sicher wäre.

Mein Herz schlug mir bis zum Hals. Mein Atem ging nur noch flach, und es kam mir so vor, als würde mein behelfsmäßiges Versteck mit jedem Augenblick etwas mehr in sich zusammenfallen. Ich bekam kaum mehr Luft, und die Panik drohte meine Sinne zu betäuben. Was sollte ich nur tun? Ich glaubte keine Sekunde lang, dass mich Agatha angeflunkert hatte. Das waren keine Tiere wie Wrens Rabe, die sich einfach auflösen würden, sobald man es ihnen befahl. Es waren Dämonen. Waschechte Dämonen, die sie mir nichts, dir nichts beschworen hatten, um mich zu töten, wenn ich mich nicht als stark genug erwies.

Und das würden sie. Das konnte ich nur zu deutlich spüren.

Heiße Tränen zwängten sich aus meinen Augenwinkeln, und ein Schluchzen hing mir an den Lippen. Warum war Agatha so grausam? Warum tat sie mir das an?

Das leise Knacken nahm ich erst wahr, als es lauter wurde und von immer mehr Stellen um mich herum an meine Ohren drang. Ich malte mir aus, wie Heerscharen aus Insekten über den Steinkokon krabbelten, den ich erschaffen hatte, auf der Suche nach dem kleinsten Loch, der winzigsten Öffnung, die sie nutzen könnten, um sich immer tiefer zu graben, tiefer und tiefer, bis sie –

Ich schrie in meine Hände hinein. Meine Haare klebten schweißnass an meiner Stirn, und ich konnte kaum einen klaren Gedanken fassen.

Ich musste überleben. Weil ich verdammt noch mal erst dreizehn war und noch mein ganzes Leben vor mir hatte. Weil Agatha schon andere Schülerinnen vor mir gehabt hatte und die ihre Lehre auch überstanden hatten. Und weil es verdammt peinlich wäre, an meinem ersten Tag mit meiner Mentorin schon auf ganzer Linie zu versagen.

Ich musste überleben. Ich musste triumphieren. Ich musste der Welt zeigen, dass mich der gehörnte Gott wirklich zur Roghnaithe gemacht hatte. Ich musste …

Die eiskalte Angst wurde nach und nach von einer hitzigen Entschlossenheit abgelöst. Agatha hatte recht gehabt. Ich hatte das Wissen. Und ich kannte die Wörter. Dass ich auch die nötige Macht besaß, war die eine Sache, die ich noch beweisen musste. Mir und allen anderen.

Meine Lippen fühlten sich taub an, als sie sich langsam teilten: »Morax.«

Zerquetscht unter ihrer Schuhsohle, dröhnte Agathas Stimme in meinem Kopf und malte ein Bild vor mein inneres Auge.

Ich atmete tief ein. »*Talamh.*«

Die Erde, die sich schützend um mich gelegt hatte, begann zu erzittern. Ich war geboren, um zu kämpfen, und genau das würde sie jetzt für mich tun. Das Beben wurde stärker, bis ich befürchtete, das Gebilde würde einfach über mir zusammenbrechen – dann explodierte mein Kokon mit einem Mal und gab mich frei.

Ich quietschte vor Schreck, zog das Kinn an und spürte …

Nichts. Ich hörte …

Nichts.

Da war …

Nichts?

Sogar meine Augenlider zitterten, als ich sie langsam anhob und mich umsah. Um mich herum lagen unzählige dicke Erdtrümmer verteilt. Die Insekten, die sie unter sich begraben hatten, konnte ich nur als schwarzen, flüssig glänzenden Rand erkennen, der sich um sie herumzog. Das Summen war weg.

Ich traute dem Frieden nicht. Abrupt sprang ich auf die Füße – und meine Knie drohten unter mir nachzugeben. Verzweifelt stieg ich über die Trümmer hinweg, stolperte noch zwei, drei Schritte blindlings weiter, und stürzte auf alle Viere.

Gerade so konnte ich mich an den Unterarmen abstützen, um nicht endgültig auf die Nase zu fallen. Die Welt um mich herum drehte sich im Affenzahn, und mein Magen fühlte sich so an, als würden ihn zwei kalte Hände auswringen wie einen nassen Waschlappen. Ich würgte, aber die Erschöpfung legte sich plötzlich so schwer auf meine Glieder, dass ich mich nicht mal hätte übergeben können, hätte ich es gewollt.

»Und das«, ertönte eine Frauenstimme vor mir, »nennt man einen *Kickback*.« Angestrengt hob ich den Blick, und meine Augen weiteten sich, als ich ein blasses Gesicht über mir erkannte. Aber es gehörte nicht Agatha. »Willkommen im Bund der Dreizehn«, sprach die Schwarzmagierin, begleitet von einem aufgeregten Quietschen irgendwo neben mir.

Erschöpft drehte ich den Kopf und sah Zelda entgegen, die auf und ab hüpfte, als würde sie Geburtstag und Taufe am selben Tag feiern. Erst da entdeckte ich die zehn anderen Silhouetten, die nach und nach zwischen den Bäumen hervortraten, als wären sie Agatha und mir hierher gefolgt. Als hätten sie mich die ganze Zeit über beobachtet. Nachdem sie einen Haufen Dämonen in Insekten beschworen hatten. Ohne einzugreifen, ohne mir zu helfen – weil ich mich ihnen hatte beweisen müssen.

Bund der Dreizehn, hallte es in meinem Kopf wider, und meine Gesichtszüge entgleisten. Sogar dann noch, als mir die Frau mit den langen schwarzen Haaren eine Hand reichte und mir auf die Füße half, konnte ich es nicht glauben.

Mein Zirkel. Ich hatte ihn gefunden.

5.

Immer positiv bleiben

»Sie haben *was?!*«, stieß Thomas hervor. Es war Vormittag – also die Tageszeit, zu der die Saufnasen von letzter Nacht das Gréine schon verlassen hatten und die schüchternen Mittagstrinker noch nicht gekommen waren. Wir waren allein und saßen an unserem Stammtisch direkt vor der Theke, Thomas mit einen Krug Wasser vor sich, von dem er sich wohl wünschte, es wäre Bier darin. Es hatte nichts mit Schwarzmagie zu tun, dass er binnen Sekunden kreidebleich geworden war. »Sag mir bitte, dass das ein schlechter Scherz ist.«

Ich hatte einen Ellbogen auf die Tischplatte gestützt und bettete mein Kinn in meine Handfläche. »Ich wünschte, es wäre so. Oder zumindest ein Albtraum. Irgendwas, das nicht real ist.« Ich schüttelte mich. »Ich hatte noch nie eine Vorliebe für Insekten, aber das war einfach …«

»So was von illegal!«, zischte Thomas. »Tribunalsmitglied hin oder her – aber das ging eindeutig zu weit! Du solltest –«

»Was?«, fragte ich schnippisch. »Mich beim Tribunal beschweren?«

Sein Mund klappte zu.

»Eben.«

Langsam lehnte sich Thomas zurück, klammerte sich dabei aber an seinem Krug fest, als wäre er sein letzter Halt in Wick. Dann senkte er die Stimme: »Hast du's deinen Eltern erzählt?«

In einer abgehackten Bewegung schüttelte ich den Kopf. »Ich will sie nicht schon am ersten Tag schockieren. Oder dass sie sich Sorgen machen. Oder wütend werden. Oder alles davon.«

»Du wirst es ihnen also nicht sagen?« Seine Augen wurden immer größer. »Niemals?«

Ich seufzte lautlos. »Nicht, wenn es nicht nötig ist. Ich meine … die Sache ist gelaufen!« Ich blickte ihn über den Tisch hinweg an. »Ich kann sowieso nichts mehr daran ändern, dass es passiert ist.« Missmutig blies ich mir eine Haarsträhne aus dem Gesicht. »Ich muss nach vorne sehen. Und weitermachen.«

»Und du bist dir sicher, dass du das kannst? Oder willst?«, korrigierte er sich. »Unter Agatha? Die *Dämonen* auf dich gehetzt hat?«

»Na ja«, murmelte ich. »Das war weniger Agatha und vielmehr mein neuer Zirkel.«

Ein Zucken ging durch Thomas' Braue. »Das macht es nicht besser, Rowena.«

»Ich weiß!«, stöhnte ich. »Aber … so ist nun mal der Lauf der Dinge! Sie haben mich geprüft und ich habe es geschafft. Das ist doch gut, oder?«

Mein bester Freund grunzte. »Allemal besser, als zu sterben.«

»Ach, komm schon!« Ich verschränkte die Arme. »Was hast du denn am ersten Tag mit deinem Mentor gemacht?«

Unsicher wandte er den Blick ab. »Wir haben uns zusammengesetzt und einen Vierjahresplan ausgearbeitet mit allen Lektionen, die ich in den nächsten –«

»Okay, okay!«, wehrte ich ab. »Hab's kapiert! Ich hab den Schwarzen Peter gezogen.« Nur, dass sein Name Agatha war und *schwarz* nicht annähernd reichte, um die Farbe ihrer Seele zu beschreiben. Ich atmete tief durch und straffte die Schultern. »Betrachten wir's mal anders: Was passiert ist, zeigt doch vor allem, dass ich Agathas Erwartungen erfüllt habe. Und ich meine – mich hat ein Zirkel aufgenommen! Jetzt schon! Das ist super!« Ich ballte eine Hand zur Faust. »Ich muss mich aufs Positive konzentrieren.« Ich stockte, denn wenn man die Sache wie Thomas betrachtete, konnte einem das verdammt schwerfallen. »Sie alle wollen das Beste aus mir herausholen. Und das hier war erst der Anfang.«

Er riss die Augen auf. »Du meinst, da kommt noch mehr?«

Ich grinste. »Natürlich! Aber wenn ich das geschafft habe, was soll dann noch schiefgehen?«

Betreten starrte er mich an, und mir schwante, dass ich seine Antwort nicht hören wollte. Dann wurde seine Miene plötzlich ausdruckslos. Nachdenklich. »Ich weiß, das ist ziemlich blöd dahergeredet, wenn es von einem Cumasach kommt, aber …« Er stockte. »Wenn du mich brauchst, bin ich da. Ich hoffe, das weißt du.«

Ich musste lächeln. »Und wie ich das weiß. Danke.«

Thomas stürzte den letzten Schluck Wasser herunter und setzte den Krug endgültig ab, während er aufstand. »Sehen wir uns später?«

Genau diese Frage würde er mir immer und immer wieder stellen – die nächsten drei Jahre lang. Drei Jahre, in denen ich unter Agatha lernte, jede Schwarze Messe von Wren besuchte, mit Zelda und den anderen Frauen meines Zirkels unter einem Dach wohnte, hart trainierte, meinem Dad im Gréine half und beinahe jeden Tag zum Abendessen nach Hause kam.

Meine Mum hatte recht gehabt: Vieles hatte sich verändert. Aber es war alles gut geworden. Ich hatte ein neues Kapitel im Buch meines Lebens aufgeschlagen und begriff erst jetzt, dass die Seiten darin leer waren: Weil es an mir war, meine Geschichte zu schreiben.

Das glaubte ich zumindest. So lange, bis ich eines Besseren belehrt wurde.

6.

Die Sonne geht unter

Es war ein Sonntagabend nach einer Schwarzen Messe. Zelda, Thomas und ich verließen gerade den Schwarzen Tempel – die anderen beiden, weil ich sie mitgeschleppt hatte, ich, weil es ein unglaublich erfüllender Anblick war, Wren bei seiner Arbeit zuzusehen. Auch wenn er die meiste Zeit über nur vor sich hinbetete.

Ich hatte gehofft, dass meine Eltern und Ciara ebenfalls dort wären und wir zusammen nach Hause gehen könnten, hatte sie aber nirgends entdeckt. Vielleicht hatte es Dad nicht geschafft, seine Kundschaft aus dem Gréine zu vertreiben, und die anderen halfen ihm gerade dabei, die Kontrolle über die durstigen Cailleacha zu bekommen, die jetzt wahrscheinlich in noch größeren Scharen anrücken würden.

Ich verabschiedete mich von den anderen und machte mich auf den Weg in Richtung Schänke – nur, um vor verschlossenen Türen stehenzubleiben. Verwirrt versuchte ich, sie zu öffnen, doch da ließ sich nichts machen. Drinnen war es stockfinster, was jedoch nichts zu bedeuten hatte, da Dad

gerne mal alle Kerzen erlöschen ließ, um die Gäste raus-
zuwerfen, wenn er Feierabend machen wollte. Ich bewegte mich zwei Schritte zur Seite und starrte durch eines der
Fenster hinein, aber sogar in der Dunkelheit, die auf der anderen Seite herrschte, erkannte ich nur zu deutlich, dass niemand drinnen war. Seltsam. Hatte Dad heute erst gar nicht
aufgesperrt?

Mit gemischten Gefühlen machte ich mich auf den
Weg in Richtung meines Elternhauses, das sich ein paar
Ecken weiter in einer kleinen Seitenstraße befand. Früher
hatten wir im ersten Stock der Schänke gewohnt, aber in
diesem Teil von Adria konnte es nachts so laut werden,
dass wir uns was anderes gesucht hatten. Jetzt wuchs meine Nervosität mit jedem Schritt, den ich machte, bis ich
kaum mehr einen klaren Gedanken fassen konnte.

Ich hatte meine Familie zuletzt vorgestern gesehen.
War seitdem jemand krank geworden? Ciara etwa? Oder
waren sie heute einfach nicht in Stimmung gewesen?

Hatten sie eine Überraschung geplant? Wozu? Keiner
unserer Geburtstage war in Sichtweite, und ich hatte
noch ein ganzes Jahr Ausbildung vor mir. Das Einzige,
was ich gerade feiern konnte, war es, noch am Leben zu
sein – aber dann müsste ich ja jeden Tag eine Fete ver-
anstalten.

Ich bog in meine Straße ein, und obwohl hier alles so
aussah wie immer, fühlte es sich plötzlich so an, als würde sich ein schweres Gewicht auf meine Schultern legen.
Hier waren auch andere Cailleacha unterwegs, es gab absolut nichts Verdächtiges, das mich hätte beunruhigen
müssen. Aber genau das war ich. Und schließlich wurde

mir klar, weshalb: Schon aus der Ferne sah ich, dass hinter den Fenstern meines Elternhauses kein Licht brannte.

Ich beschleunigte meinen Schritt, und meine zu Fäusten geballten Hände verkrampften sich immer mehr. Abrupt blieb ich vor der Tür stehen, nahm mir aber keine Sekunde Zeit, um zu lauschen – weil ich wusste, dass ich nichts hören würde.

Plötzlich erfüllte mich eine seltsame Unruhe. Sie krallte sich in mein Herz und fraß sich in die tiefsten Tiefen meines Bewusstseins. Ein dicker Kloß bildete sich in meinem Hals, und meine Unterlippe bebte genauso sehr wie meine Finger, als ich sagte: »Morax. *Oscail.*«

Dass Morax nicht zu den hunderten Dämonen gehörte, die ich vor drei Jahren zerquetscht hatte, zeigte sich mir immer dann, wenn meine Zauber funktionierten: Ein Klicken ertönte vor mir, und schließlich schwang die Tür mit einem leisen Quietschen auf.

Mit wie wild klopfendem Herzen stand ich da und starrte ins Innere des Hauses, das totenstill vor mir lag. Ich konnte mit einem Blick fast das ganze untere Stockwerk in mich aufnehmen. Sah unsere Feuerstelle, Ciaras Spielecke, die Kochstelle, die Tür, die zum Zimmer meiner Eltern führte. Von drinnen drang nicht der leiseste Laut an meine Ohren.

Bebend atmete ich ein und machte einen Schritt hinein. »Mum?«, rief ich. »Dad? Ciara?«

Keine Antwort. Nichts. Auch oben brannte kein Licht.

Ich sprach meinen spirituellen Namen nicht aus. Ich dachte nicht einmal das irische Wort für das, was ich tun wollte. Es wurde hell um mich herum, einfach nur, weil ich es wollte. Mit weichen Knien trat ich ein. Blickte mich um, drehte mich im Kreis, immer und immer wieder. »Mum?«

Riss die Tür zum Schlafzimmer meiner Eltern auf. »Dad?«

Rannte die Treppe nach oben. »Ciara?«

Fand niemanden. Hörte nichts. »Mum! Dad! Ciara!«

Ihre Betten waren frisch gemacht. Ciaras und mein Zimmer, das sie seit drei Jahren allein bezog, unordentlicher denn je. Die Vorräte sahen vollständig aus. Unsere Wertsachen – etwas Schmuck und eine verdammt teure Flasche Whiskey aus der sterbenden Welt – waren noch da.

Das Einzige, was fehlte, war meine Familie. »Mum!«

Ich wartete auf sie. Stundenlang. »Dad!«

Aber sie kehrten nicht zurück.

»Ciara!«

Sie waren fort.

7.

MITTERNACHT

»Sie müssen doch irgendwo sein!«, drang Zeldas Stimme wie aus weiter Ferne an meine Ohren. »Sie können sich nicht einfach in Luft aufgelöst haben!«

Und doch hatten sie das. Ich hatte auf sie gewartet. Sie gesucht. Hatte mich über Tage hinweg immer wieder an alle Orte teleportiert, an denen sie je gewesen waren. Unser Zuhause, das Gréine, der Schwarze Tempel, der Strand, an dem wir jedes Jahr so viel Zeit verbracht hatten – stets mit demselben Ergebnis.

»Komm schon, Dahlia! Könnten sie nicht auf die andere Seite gegangen sein?«

Dahlia versteifte sich merklich. Sie war in unserem Alter, allerdings erst nach ihrem dreizehnten Geburtstag nach Wick gekommen und hatte sich immer noch nicht ganz eingelebt. »Theoretisch schon«, antwortete sie kleinlaut. »Selbst wenn sie keinen Gegenstand von der Erde –« Sie stockte. »Von der *sterbenden Welt* bei sich haben, könnte es vielleicht auch so geklappt haben, weil sie selbst ja von dort stammen. Dieser Logik zufolge müsste ihnen Ciara aber auch dabei helfen können, wieder zurückzukommen, weil sie hier geboren wurde.«

Zeldas Mund klappte zu. Sie wusste genau wie jeder von uns, was das bedeutete: Wenn sie gewollt hätten, wären sie längst wieder hier.

Oder viel besser: Sie wären erst gar nicht gegangen. Ohne mich.

Wir saßen an unserem Stammtisch im Gréine, das nun schon seit zwei Wochen in Dunkelheit getaucht war. Ich war nicht die Einzige, die meinen Dad schmerzlich vermisste. Aber wahrscheinlich die Einzige, die seit vierzehn Tagen lang kein Auge zugetan hatte. Die von Angst, Sorge und Verzweiflung innerlich zerfressen wurde, sodass sie sich inzwischen nur noch leer fühlte. Allein die Tatsache, dass ich Jeans aus der sterbenden Welt trug, die mir Thomas neulich mitgebracht hatte, kam mir wie Verrat vor.

»Aber wenn sie wirklich drüben wären, wäre das gut!«, hob dieser zu meiner Linken an. »Dann kann man sie auch ausfindig machen – mit oder ohne Zauber.«

»Ohne Zauber?«, fragte Zelda verwirrt. »Ich dachte, die sterbende Welt wäre größer als Wick.«

»Spielt keine Rolle. Sie kommen schließlich von dort. Sie sind dort registriert, haben Ausweise und … das ganze Zeug eben! Mein Dad geht nächste Woche zurück. Er wird ein paar Kontakte spielen lassen und –«

Mit einem Schlag kehrte das Leben in mich zurück. »Du glaubst also wirklich«, brachte ich ihn jäh zum Schweigen, »dass sie auf die andere Seite gegangen sind? Dass sie in die sterbende Welt gegangen sind, ohne mich mitzunehmen?«

Ein trockenes Lachen stieg meine Kehle hinauf. »Ohne auch nur ein Wort zu sagen?« Meine Mundwinkel hoben sich ungläubig. »Wie sehr müssen sie mich hassen?«

»R-Rowena!« Thomas legte eine Hand auf meine Schulter. »Das glaube ich nicht. Das glaube ich überhaupt nicht!«

»Sie würden dich niemals ohne Grund verlassen!«, bekräftigte Zelda. »Vielleicht war es ein Notfall. Und sie mussten ganz schnell weg. Und es ist nur eine Frage der Zeit, bis sie zurückkommen.«

Stille legte sich über uns. Weil sie insgeheim dasselbe dachten wie ich.

Zwei Wochen waren vergangen. Ohne eine Nachricht. Ein Lebenszeichen. Einen Hinweis. Meine Familie war wie vom Erdboden verschluckt.

Das Tribunal hatte sich der Sache angenommen und Sucher in beiden Welten ausgeschickt, die aber keine Spur gefunden hatten. Gwydion hatte sogar seinen eigenen Bruder auf die Sache angesetzt, aber ohne Erfolg. Und jetzt, nach all der Zeit, war ich mir sicher, dass sie nur auf der Liste landen würden. Der berühmt-berüchtigten Liste von Wicka, die sich in die sterbende Welt abgeseilt hatten. Eine einzelne Zeile in einem Verzeichnis, das nur dann geöffnet wurde, wenn ein neuer Eintrag hinzugefügt werden musste.

Sie waren Geschichte. Und ich? Ich war allein.

»Rowena«, sagte Dahlia zaghaft und schob sich eine schwarze Haarsträhne hinters Ohr. »Wenn es irgendetwas gibt, was ich für dich tun kann –«

»Was *wir* für dich tun können«, warf Thomas ein.

Zelda beugte sich über den Tisch und ergriff meine Hand. »Dann sollst du wissen, dass wir für dich da sind. Okay? Wir sind nicht nur ein Zirkel, Ro, wir sind Freunde. Und was auch immer passiert, du kannst dich auf uns –«

Abrupt stand ich auf und entzog mich ihrem Griff. »Ich muss los.« Damit ging ich um meinen Stuhl herum und schob ihn ordentlich an den Tisch heran, obwohl es inzwischen sowieso keine Rolle mehr spielte. »Schließt ab, wenn ihr hier fertig seid.« Ich schnaubte. »Oder lasst es.«

Ich spürte drei betretene Blicke auf mir. Langsam erhob sich Thomas. »Rowena.«

Sein Tonfall drohte beinahe, etwas in mir, das tot war, zum Leben zu erwecken – nur, um es noch einmal zerbrechen zu lassen.

»Wo willst du denn jetzt hin?«, fragte Zelda besorgt, als ich schon die Distanz zur Tür überquert hatte.

Eine Hand auf der Klinke, sah ich mich nach ihnen um. »Keine Sorge«, sagte ich mit bitterer Stimme. »Ich werde mich nicht in die sterbende Welt verziehen.«

Damit ließ ich sie allein. Sie hielten mich nicht auf, vielleicht weil sie ahnten, wohin mich meine Füße trugen – nämlich geradewegs ins Tribunalsgebäude. Zu dieser Zeit hatten sie dort immer ihre Sitzungen, und ich war mir sicher, dass Agatha noch da war. Ihre Trainingseinheiten waren brutal, unmenschlich und forderten mich aufs Äußerste heraus. Aber jetzt, wo mir nichts anderes geblieben war, war das alles, was ich wollte.

Als ich ihre Festung betrat, kamen mir die meisten Mitglieder des Tribunals entgegen. Agatha war nicht unter ihnen, weshalb ich die Stufen in den ersten Stock hinaufstieg und mich auf den Weg in Richtung des Sitzungssaals machte. Sein Zentrum war ein langer Tisch, an dem die dreizehn Mitglieder regelmäßig tagten, und dahinter eine große Fensterwand, von der aus man den besten Blick auf den Stadtplatz hatte. Der Raum war immer hell durchflutet, aber in meiner Vorstellung sah er gerade genauso grau aus, wie sich mein ganzes Leben anfühlte.

Schon von Weitem drang Agathas Stimme an meine Ohren – doch ich verlangsamte meinen Schritt, als sich eine zweite zu ihr gesellte. Und eine dritte.

Ich versteifte mich etwas, fixierte die nur angelehnte Tür, die zum Sitzungssaal führte, und schlich mich langsam heran, bis ich mehr und mehr Wortfetzen zu verstehen glaubte.

»… zu mir nehmen. Ich bestehe darauf!«, knurrte ein Mann, bei dem es sich nur um Wren handeln konnte.

»Und mir will schlichtweg nicht einleuchten, weshalb«, entgegnete Agatha. »Sie hat mich als Mentorin und ihren Zirkel. Mehr als das braucht sie nicht.«

»Sie hat ihre Familie verloren«, beharrte Wren. »Sie hat niemanden mehr!«

Abrupt blieb ich stehen und schloss die Augen. Atmete tief durch und versuchte, den brennenden Schmerz zu ignorieren, den Wrens Worte in mir auslösten. Er tat nichts weiter, als die Tatsachen auszusprechen. Aber es tat trotzdem so, so weh.

»Und ausgerechnet du willst diese Familie ersetzen?«, fragte Agatha scharf. »*Du*, Hohepriester?«

»Ich werde über sie wachen«, widersprach Wren energisch. »So, wie ich es Saoirse versprochen habe!«

»Hast du einen Bluteid darauf geschworen?«, hakte sie gedehnt nach.

Auf ihre Worte folgte nichts als Stille.

»Dachte ich mir.«

»Wren.« Gwydion stockte. »*Hohepriester*. Es ist wirklich rührend, welche Sorgen du dir um sie machst. Aber es gibt keinen Grund zur Beunruhigung. Wick befindet sich in der längsten Friedensphase denn je, und Rowena ist mit allen Wassern gewaschen! Ihr wird nichts zustoßen. Das weißt du genauso gut wie ich.«

»Du«, knurrte Wren, »weißt überhaupt nichts.« Ich konnte ihn nicht sehen, doch sein Tonfall überraschte mich. Er wirkte unbeherrscht, fast schon emotional. So hatte ich ihn noch nie erlebt. »Angefangen damit, wohin Saoirse und ihre Familie verschwunden sind!«

»Wir arbeiten daran!«, beschwor ihn Gwydion. »Ich habe meine besten Männer und Frauen auf den Fall angesetzt und –«.

»Und es gibt keine Spur von ihnen. Es gibt keine Spur von ihnen, und wenn du nur lange genug Gras über die Sache wachsen lässt, wird niemand mehr an ihr Verschwinden denken. Dann wird niemand mehr den Kratzer sehen, den sie deinem Ansehen zugefügt haben. Sie und diejenigen, die dahinterstecken.«

»*Falls* jemand dahintersteckt«, entgegnete Gwydion scharf. »Wir wissen immer noch nicht, ob sie in die sterbende Welt zurückgekehrt sind. Wenn ja, war das ihre eigene, freie Entscheidung. Nichtsdestotrotz bin ich vor allem um ihre Sicherheit besorgt«, zischte er wie eine Schlange, als hätte ihn Wrens Kommentar über sein Ansehen in seinem Ansehen verletzt. »Wenn du mich jetzt bitte entschuldigen würdest. Ich bin noch mit einem Trupp Sucher verabredet. Wie du siehst, geben wir hier alle unser Bestes.«

Dass ich immer noch mitten auf dem Gang stand, realisierte ich erst, als plötzlich die Tür aufschwang. Ich zuckte zusammen, und eine Schrecksekunde lang starrte ich Gwydion einfach nur entgegen.

Er wirkte nicht erstaunt oder wütend, mich zu sehen. Zuerst machte er Anstalten, an mir vorbeizugehen, aber dann hielt er inne, um mir einen mitfühlenden Augenblick lang eine Hand auf die Schulter zu legen. »Wir werden sie finden«, raunte er. »Das verspreche ich dir.«

Der Moment verstrich so schnell, wie er gekommen war, und ich war froh darüber. Und doch wurde er nahtlos von den Sekunden abgelöst, in denen Wren durch die Tür trat. Als er mich entdeckte, blieb er stehen. Ich war diejenige, die langsam und mit einem dicken Kloß im Hals die Distanz zu ihm überbrückte und vor ihm anhielt. Unsicher, was ich sagen sollte. Mit einer bodenlosen Verzweiflung, die in mir brodelte und mich mit Hitze und Kälte erfüllte.

»Hohepriester«, krächzte ich und wusste nicht, worauf ich hoffte. Darauf, dass er etwas sagte oder für immer schwieg. Darauf, dass er mich mit sich nahm, oder ging und mich nicht mit der Erinnerung an meine Mutter konfrontierte, von der ich betete und gleichzeitig befürchtete, sie würde verblassen.

Letzten Endes sprach Wren kein Wort. Vielleicht, weil es nichts gab, was er mir sagen konnte, was ich nicht ohnehin schon wusste. Spürte.

Dann trennten sich unsere Wege.

Auch Agatha wirkte nicht überrascht, mich zu sehen, als ich eintrat. Mit den Augen eines Adlers verfolgte sie mich, während ich langsam die Distanz zu ihr überbrückte, ohne dass mich die warmen Sonnenstrahlen, die durch die Fensterwand hereinfielen, auch nur im Geringsten berührten. »Wie fühlst du dich?«

Ich wollte nicht darüber reden. Aber sie war meine Mentorin, und bei ihr konnte ich mir zumindest sicher sein, dass sie mich für meine Antwort nicht verurteilen würde. Dennoch konnte ich sie dabei nicht direkt ansehen. »Ich glaube«, hob ich matt an, »es ist leichter, sie zu hassen, weil sie mich verlassen haben, als um sie zu trauern, weil ihnen etwas zugestoßen sein könnte.«

Als ich aufsah, nickte Agatha langsam. »Du wirst noch viel Zeit haben, um dich für eines von beidem zu entscheiden. Schlimmstenfalls ein ganzes Leben lang.« Ihre hohen Absätze klackerten auf dem Boden, als sie die Distanz zu mir überbrückte und dann an mir vorbeiging. »Komm.«

Ich drehte mich um, und als ich ihr nach draußen ins Tageslicht folgte, fühlte es sich so an, als würde ich einmal mehr ein neues Kapitel aufschlagen – eines, dessen Seiten sich blutrot gefärbt hatten. Bei dem ich mich davor fürchtete, auch nur die nächste davon anzusehen.

Das änderte jedoch nichts daran, dass ich es musste, bevor der Wind sie für mich verwehte. Mit jedem Tag, an dem man nichts von meiner Familie hörte, sich der Aufruhr um sie nach und nach legte und schließlich kaum mehr jemand über sie sprach. Bis das Haus und das Gréine als Erbe in meinen Besitz übergingen und damit in den meines Zirkels, der sie verwalten würde, bis ich eines Tages austrat. Der den Grund an andere Cailleacha vermietete und verpachtete, bis es nichts mehr darin gab, das mich an schöne Zeiten erinnerte. Nicht einmal mehr die Muscheln am Strand, den ich nie wieder besuchte.

Ein langes Jahr verging, in dem ich mich ganz auf meine Ausbildung konzentrierte. Meine Magie. In dem meine Eltern und meine Schwester der erste Gedanke waren, wenn ich aufwachte, und der letzte, bevor ich in einen traumlosen Schlaf glitt. In dem ich nicht mehr mit der Vorstellung spielte, Thomas zu fragen, ob er mich in die sterbende Welt mitnahm. In dem ich mich allein fühlte, aber nicht einsam. Weil ich, auch wenn meine Blutsverwandten weg waren, immer noch eine Familie hatte.

Das Ende meiner Ausbildung war nah, und ich wusste, dass sich einmal mehr alles verändern würde – aber ich hatte nicht ahnen können, wie schnell, als eines Abends ein großer, schwarze Rabe auf meiner Fensterbank landete. *Wren.*

Er trug keine Nachricht bei sich. Stattdessen flatterte er davon, kaum dass sich unsere Blicke gekreuzt hatten. Ich ließ alles stehen und liegen, zog mir etwas an, stürzte aus meiner Schlafkammer auf den Gang, besann mich dann eines Besseren und teleportierte mich einfach nach draußen. Der Vogel sauste durch die Luft, und ich stolperte hinter ihm her, war mir nicht sicher, wohin er mich führen würde, obwohl ich insgeheim wusste, dass es nur einen Ort gab, an dem der Hohepriester mich – oder irgendjemanden sonst – jemals empfangen würde.

Dennoch benutzte ich keine Magie, um mich dorthin zu bringen. Ich lief den Hügel hinauf, der zum Schwarzen Tempel führte, um Zeit zu schinden. Weil eine seltsame Nervosität in mir aufstieg. Wren hatte mich noch nie in den Tempel bestellt. Das hier war etwas Neues. Und wenn es eine Sache gab, die ich in den letzten zwölf Monaten zu hassen gelernt hatte, dann war es Veränderung.

Ich hatte keine Ahnung, was mich erwartete, als sich der Rabe an der geöffneten Eingangspforte zum Schwarzen Tempel in Luft auflöste und ich dem Klang von Wrens Stimme in eine Kammer folgte. Völlig außer Atem stürzte ich durch die Tür. »E-entschuldige die Verspätung!«, stieß ich hervor, als mir die Erschöpfung mit einem Mal in die Glieder sackte. Angestrengt stützte ich mich mit den Armen auf den Oberschenkeln ab. »Ich bin so schnell … gekommen … wie ich konnte.« Erst als ich aufsah, bemerkte ich, dass wir nicht allein waren.

Meine Augen weiteten sich. »Oh«, war alles, was mir einfiel, in diesem einen, entscheidenden Moment, in dem sich mein Leben für immer verändern würde. Ein Teil von mir ahnte bereits jetzt, dass ab sofort nichts mehr so wäre wie früher. So musste es jedem von uns gegangen sein, der diesem Mädchen zum ersten Mal gegenübergestanden war. Weil es der Schlüssel war. Der Schlüssel zu einer Tür, die schon so lange verschlossen gewesen war, dass wir nicht mehr wussten, ob dahinter ein Segen oder das Chaos auf uns wartete. Aber ich hatte das Gefühl, dass es nicht mehr lange dauern würde, bis wir genau das herausfanden.

Der Name des Mädchens war Josie Nightingale.

ENDE VON »DAS BUCH DER VERLASSENEN«

GLOSSAR

CHARAKTERE

Agatha Fox [Sahara]: Tribunalsmitglied und Oberhaupt der Schwarzmagier, Mentorin von Rowena

Alistair: Sucher in Wick

Angela Aguado [Erytheia]: Hohepriesterin der dreifaltigen Göttin

Atho: gehörnter Gott und Hauptgott der Schwarzmagier

Ciara: Rowenas jüngere Schwester

Dana: dreifaltige Göttin und Hauptgöttin der Weißmagier

Dahlia Ngcobo [Ambrosia]: Schwarzmagierin; stammt aus der sterbenden Welt

Gwydion Ainsworth [Asmodis]: Oberhaupt des Tribunals von Wick

Magnus Nightingale: Schwarzmagier und gesuchter Verbrecher in Wick

Niall Radclyffe [Leviathan]: Tribunalsmitglied und Oberhaupt der Weißmagier

Rowena [Morax]: Junge Schwarzmagierin und Agathas Schülerin

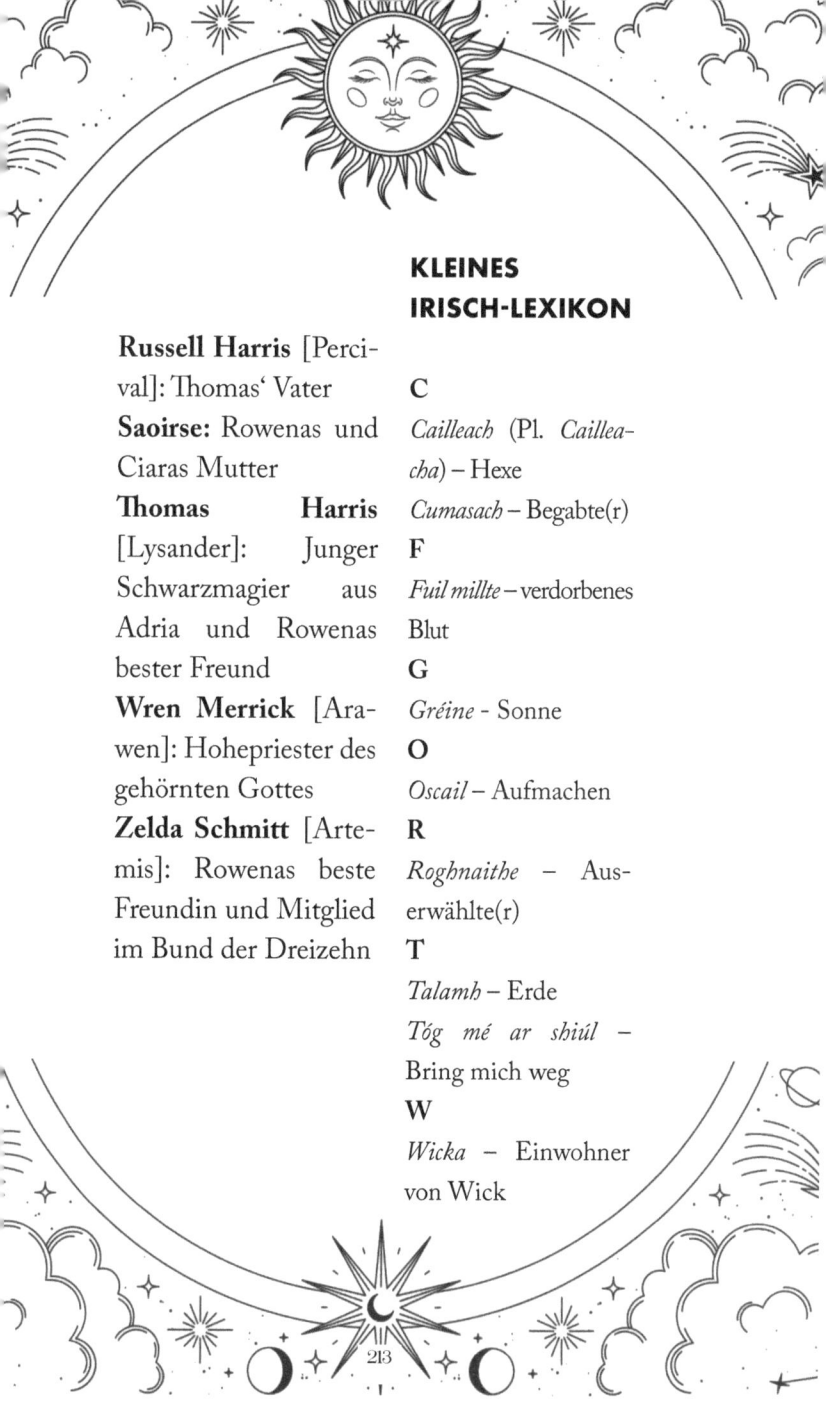

Russell Harris [Percival]: Thomas' Vater

Saoirse: Rowenas und Ciaras Mutter

Thomas Harris [Lysander]: Junger Schwarzmagier aus Adria und Rowenas bester Freund

Wren Merrick [Arawen]: Hohepriester des gehörnten Gottes

Zelda Schmitt [Artemis]: Rowenas beste Freundin und Mitglied im Bund der Dreizehn

KLEINES IRISCH-LEXIKON

C

Cailleach (Pl. *Cailleacha*) – Hexe

Cumasach – Begabte(r)

F

Fuil millte – verdorbenes Blut

G

Gréine - Sonne

O

Oscail – Aufmachen

R

Roghnaithe – Auserwählte(r)

T

Talamh – Erde

Tóg mé ar shiúl – Bring mich weg

W

Wicka – Einwohner von Wick

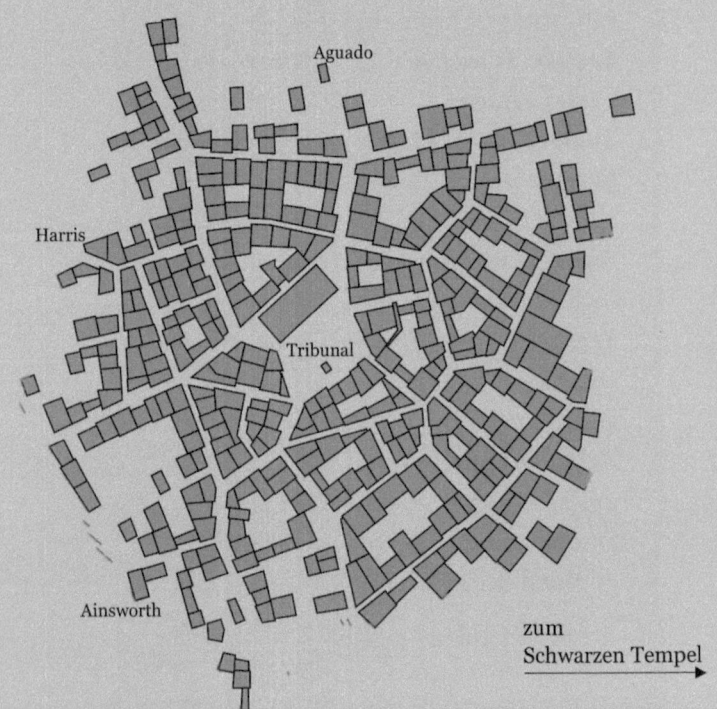

Adria

Aguado

Harris

Tribunal

Ainsworth

zum
Schwarzen Tempel

Bailenua
Der Wald
Dorchacht
Adria
Dídine
Der Schwarze Tempel
Hütte
Kerker
Wick
Sráidbhaile
Aillte

Die Reihe geht weiter!

Die ganze „Witches of Wick"-Reihe im Überblick:
Das Buch der Hexen
Das Buch der Dana
Das Buch des Atho

Spin-offs zur Reihe:
Das Buch der Verlassenen
Das Buch der Jagd
Wizards of Wick: Die verlorenen Bücher

Annie Waye

Annie Waye ist eine junge Autorin mit einer alten Seele. Sie ist auf der ganzen Welt zu Hause und seit jeher der Magie der Bücher verfallen. Sie schreibt, um fremde und vertraute Welten zu erschaffen, sympathischen und zwiespältigen Charakteren Leben einzuhauchen und Dunkel-heit und Stille aus den Herzen der Menschen zu vertreiben. Wenn sie nicht gerade an Romanen arbeitet, veröffentlicht sie Kurzgeschichten und bereist die Welt auf der Suche nach ihrem nächsten Sehnsuchtsort.

Instagram: @anniewaye.author
Newsletter: jetzt abonnieren auf anniewaye.de
Bonuscontent: Auf Patreon (patreon.com/anniewaye_) findest du Hintergrundinfos zum Buch, Bonusinhalte, Deleted Scenes und exklusive Einblicke in das Autorenleben und die kommenden Veröffentlichungen von Annie Waye.